1

On déménage !

Déménager, je trouve ça génial. Surtout que là où on vit, c'est vraiment pas la joie. Imaginez une H.L.M. aux trois quarts déglinguée, dans une cité pourrie. On habite au huitième étage, et la moitié du temps, l'ascenseur tombe en panne. L'autre moitié, c'est la colonne du vide-ordures qui se bouche. Résultat : quand on n'a pas une demi-heure d'escalade pour arriver chez soi, on est envahis par les ordures des voisins, qui atterrissent dans notre cuisine.

Mais le pire de tout, c'est la bande à Manu.

Une dizaine de loustics complètement cinglés. Ils ont beau être à peine plus vieux que moi, ils font la loi dans la cité, et fichent la trouille même aux adultes.

Tout le monde, ici, rêve d'aller vivre ailleurs. Mais personne ne peut, à cause du prix des loyers. Aussi, quand papa est arrivé, un soir, en brandissant la lettre du notaire, on s'est dit que, nous, on avait une sacrée veine !

Nous sommes quatre, à la maison (sans compter Rambo, mon hamster) : papa, maman, Violette et moi, Cyril. J'ai quatorze ans, Violette dix. Rambo doit avoir autour des six mois, mais chez les rongeurs, ce n'est pas facile à déterminer.

Ce soir-là, je m'en souviens très bien, maman avait préparé des nouilles au gratin. Tout l'appartement sentait le gruyère râpé, et Violette n'arrêtait pas de tourner autour du four en se pourléchant les babines. Papa est rentré du travail, et on a tout de suite compris qu'il avait quelque chose d'extraordinaire à nous annoncer. Son sourire remontait jusqu'à ses oreilles. D'habitude après sa journée de boulot, il tire plutôt une tête de trois pieds de long.

« Surprise ! » a-t-il dit, en tendant une lettre à maman.

Elle s'est plongée dedans, et à mesure qu'elle la lisait, son visage changeait. Elle a d'abord ouvert des yeux ronds, une bouche ronde, puis elle est devenue toute rouge et, enfin, elle a applaudi. On aurait dit une petite fille devant un gâteau d'anniversaire !

Ma sœur en était malade de curiosité.

« C'est quoi ? C'est quoi ? » répétait-elle en trépignant, avec des bonds de grenouille.

J'ai essayé de jeter un coup d'œil par-dessus l'épaule de maman, mais elle s'est enfuie en riant. Jamais je n'avais vu ma mère aussi fofolle ! Nous avons traversé l'appartement l'un derrière l'autre, et une fois arrivés au salon, elle s'est retournée, m'a attrapé dans ses bras et s'est mise à danser. J'étais si éberlué que je me suis emberlificoté les jambes. Si elle ne m'avait pas retenu à temps, j'aurais fini sur la moquette !

Enfin, elle a lâché le morceau :

« On s'en va d'ici, les enfants ! On part vivre à la campagne ! »

Violette, qui arrivait à ce moment-là, a cru qu'elle lui faisait une blague.

« N'importe quoi !

— Non, non, a assuré papa, c'est la vérité ! Mon oncle Benjamin, que je connaissais à peine, vient de mourir, et nous sommes ses seuls héritiers. Il nous laisse une grande maison en Seine-et-Marne, à une cinquantaine de kilomètres d'ici.

— Yahouuuu ! » a hurlé Violette entre deux pirouettes.

Des fois, je me demande comment elle fait pour gigoter autant. Ma parole, elle doit être montée sur ressorts !

« Et il y a un jardin, a ajouté papa. Cinq hectares plantés d'arbres, une vraie forêt !

— Tout cela est tellement subit, tellement inattendu..., a murmuré maman. Cette histoire me donne le tournis, j'ai l'impression de rêver ! »

Et elle s'est pincée, au cas où...

« Pince-moi aussi, a réclamé Violette. Je préfère me réveiller tout de suite, avant d'y croire vraiment. Après, je serai trop déçue !

— Nous irons visiter notre nouveau *home* dimanche, a déclaré papa. Et s'il vous convient, on déménage à la fin du mois pro... »

Il n'a pas eu le temps de finir sa phrase. On a crié « OUAIIIIIS » tellement fort, Violette et moi, que les murs de l'H.L.M. ont tremblé !

*

* *

Voilà pourquoi, ce matin, nous avons tous embarqué dans la voiture, destination la Seine-et-Marne.

C'est le début de l'automne, mais il fait un temps de plein été. Le soleil brille comme si on l'avait astiqué au Miror. Le long de la route, des arbres rouges, jaunes, orange se détachent sur le ciel bleu. C'est presque aussi joli qu'une pub télé.

À côté de moi, Violette ne tient pas en place et je commence à en avoir assez de ses coups de pied dans les tibias.

« Arrête de gigoter ! On dirait un poisson hors de l'eau ! »

Pour toute réponse, elle me tire la langue.

Ma sœur n'a pas très bon caractère. Maman dit toujours que papa la gâte trop, mais il n'est pas le seul. Elle aussi, elle lui passe tous ses caprices. Il n'y a que moi qui l'envoie promener, cette punaise, alors, évidemment, on se dispute souvent !

« C'est encore loin, p'pa ?

— Un peu de patience, ma puce ! »

Nous traversons des villages inconnus, des champs remplis de vaches, des bois où chantent les oiseaux.

« Dommage qu'on n'ait pas emmené

Rambo, dit Violette, le nez collé à la vitre. Je suis sûre que ça lui aurait plu, cette balade. »

Je hausse les épaules.

« Tu sais bien qu'il est malade en voiture !

— Justement, le grand air, c'est bon pour la santé !

— Tu le fais exprès d'être aussi bête ? Je te dis qu'il ne supporte pas le trajet. Ça le fait vomir. Tu n'as jamais entendu parler du mal d'auto ?

— Au lieu de vous chamailler, regardez donc ce merveilleux paysage ! s'écrie maman. Est-ce que vous réalisez que, bientôt, vous l'aurez chaque jour sous les yeux ?

— On arrive ! annonce papa. Voilà le cimetière où est enterré oncle Benjamin.

— Lorsque nous habiterons ici, je promets solennellement de fleurir sa tombe chaque semaine, pour le remercier », décrète maman.

Quelques minutes plus tard, la voiture s'arrête devant une grille entourée de hauts murs. Un panneau accroché dessus annonce, en lettres tarabiscotées : *Villa Rose Thé.*

« Quel nom charmant ! » s'extasie maman.

Avant même que le moteur ne s'éteigne, les portières arrière s'ouvrent et nous bondissons dehors, ma sœur et moi. L'instant d'après, agrippés aux barreaux rouillés, nous contemplons bouche bée ce qui va devenir notre « chez-nous ».

Une allée traverse le jardin en friche jusqu'à une grande maison blanche, couverte de rosiers grimpants. Tout autour foisonne une végétation échevelée, délirante, complètement revenue à l'état sauvage. Comme si personne n'avait habité là depuis des siècles. Le château de la Belle au bois dormant devait ressembler à ça, en plus luxueux, évidemment !

En fait, la *Villa Rose Thé* me fait penser à... à un décor de film...

Un frisson me parcourt l'échine. Car, si je n'ai pas osé ajouter « d'épouvante », je l'ai pensé. Il faut bien l'admettre : la *Villa Rose Thé* ressemble trait pour trait à un décor de film d'épouvante !

« Est-ce qu'il y a des tigres, dans cette jungle ? s'informe Violette, très impressionnée, elle aussi.

— T'es zinzin, toi ! Des tigres en France ? Et pourquoi pas des éléphants, tant que tu y es !

— Vous ferez quand même attention où vous mettez les pieds, recommande maman. Parce qu'en France, même si on ne trouve ni tigres ni éléphants, on rencontre parfois des vipères ! »

Déjà, papa a sorti le trousseau de clés que lui a donné le notaire. Et lorsque la grille s'ouvre en grinçant, nous sommes si émus, tous les quatre, que nous n'osons pas avancer.

« Bienvenue chez vous, mes chéris ! » dit papa, d'une voix un peu enrouée.

2

La *Villa rose thé*

Jamais, de toute ma vie, je n'ai vu autant de pièces. La *Villa Rose Thé* est un vrai labyrinthe de couloirs, d'escaliers, de recoins et de cagibis. Pour un peu, on s'y perdrait.

Maman la parcourt au pas de course de haut en bas, et on l'entend parler toute seule :

« Quelle saleté ! Et ces toiles d'araignées ! Il va falloir faire un grand ménage, aérer, repeindre... Oh, la jolie petite fenêtre ! Et ces lambris ! Et ces plafonds ! Tiens, il y a une fissure dans ce mur... »

Papa a un mal fou à la suivre, et quand il lui répond, elle ne l'écoute même pas.

« Où est ma chambre ? » demande Violette en gambadant derrière eux.

Je les laisse grimper dans les étages et je reste tout seul au rez-de-chaussée. Leurs voix s'éteignent peu à peu, et je me retrouve bientôt dans le silence complet.

Les maisons abandonnées, je ne connais rien de plus oppressant. On ose à peine y respirer. C'est comme si l'air avait un poids, une consistance. Dans cette épaisse immobilité, nous, avec nos mouvements, nos bruits, nos petites préoccupations de rien du tout, on se sent vraiment de trop.

Un vaste salon s'ouvre devant moi, avec une porte-fenêtre qui donne sur le jardin. Je ne sais pas depuis combien de temps la *Villa Rose Thé* est inhabitée, mais ça ne doit pas dater d'hier. Les vitres sont si opaques que, malgré le soleil, elles ne laissent filtrer qu'une lumière grisâtre de crépuscule. Sur le parquet, il y a une telle couche de poussière que l'empreinte de nos chaussures y reste imprimée. On voit tout de suite qui est entré et où il a été. Cette marque-là, qui fait le tour, ce sont les tennis de maman. Et la semelle crantée, ici, appartient à papa. Cette toute petite, c'est Violette. Quant à ma trace à moi, elle me suit pas à pas comme une ombre...

Je m'amuse à dessiner une piste, avant de me retrouver nez à nez avec le grand miroir surplombant la cheminée.

J'ai un peu de mal à me reconnaître dans ce reflet flou, tacheté de brun. Elle a raison, maman, il va falloir un sacré nettoyage pour que cette maison soit habitable ! Du bout des doigts, je frotte un coin de la glace. Ça y est, mes mains sont toutes noires... mais au moins, je me vois nettement.

Quelle tête ! Un nez trop gros, des yeux trop petits, des boutons d'acné sur le front, des cheveux qui partent dans tous les sens... Une vraie caricature !

Je suis occupé à me faire des grimaces quand un cri aigu retentit :

« Cyriiiiiiiiil ! »

C'est si saisissant, ce hurlement dans le silence, que j'ai l'impression que mon cœur se décroche. Mais déjà, Violette entre en trombe dans la pièce.

« Ah, tu es là !... Ça fait une heure que je te cherche !

— Qu'est-ce que tu me veux ? Tu m'as fait peur, à brailler comme une folle !

— Viens vite, on a le droit de choisir nos chambres. »

Sans attendre ma réponse, elle repart en courant. Après avoir inscrit *Zut à qui le lira* dans la crasse du miroir, je m'élance derrière elle.

*
* *

Au premier étage, il y a un corridor avec un tas de portes. Elles sont toutes ouvertes, et maman, toujours suivie de papa, passe de l'une à l'autre avec des commentaires volubiles.

« L'orientation de celle-ci me plaît mieux, mais celle-là est plus belle. Par contre, celle d'à côté a un cabinet de toilette...

— Elle est basse de plafond..., proteste papa.

— C'est vrai... mais son œil-de-bœuf est tellement charmant ! Avec un rideau de dentelle, tu imagines l'effet ? »

Pendant qu'ils discutent, ma sœur me fait signe de la suivre.

« Moi, je m'installe ici ! » annonce-t-elle, en m'entraînant dans une immense pièce, très claire.

À la voir si petite au milieu de cet espace gigantesque, j'éclate de rire.

« C'est beaucoup trop grand pour toi, tu es toute perdue, là-dedans !

— Et alors, ça te dérange ? T'es jaloux ?

— Moi, jaloux ? Non mais, pour qui tu te prends, espèce de teigne ? Des chambres, y en a tant qu'on veut...

— Oui, mais la mienne, c'est la seule avec un balcon ! »

Ça, c'est de la provoc ou je ne m'appelle plus Cyril !

« Pfffttt, tu peux bien te le garder, ton balcon ! Qu'est-ce que j'en ai à faire ?

— Ben... ce serait pratique, pour laisser Rambo en liberté... »

Ah, d'accord, je vois où elle veut en venir ! Tournant les talons, je lui crache par-dessus mon épaule :

« C'est MON hamster, ma vieille, pas le tien ! Ne compte pas que je te le prête. Est-ce que je t'emprunte tes Barbies, moi ? »

Et pour bien lui montrer qu'elle me casse les pieds, je décide d'emménager à l'autre bout du couloir, dans la chambre la plus éloignée de la sienne.

*

* *

Je suis en train de fureter dans mon nouveau domaine, les fenêtres grandes ouvertes, lorsqu'un drôle de bruit attire mon attention. Toc, toc, toc. On dirait des petits coups de marteau. Papa a déjà commencé les travaux ou quoi ?

Bon, revenons à notre aménagement. Je vais mettre mon lit dans ce coin, mon bureau dans celui-ci, la cage de Rambo là, ici mon poster de *Donjons et Dragons*, et... Oh, ce que c'est énervant, ce « toc, toc, toc » persistant ! Impossible de me concentrer !

Je sors en coup de vent pour aller voir ce que fabriquent mes parents, mais j'ai beau fouiller toutes les pièces, il n'y a plus personne.

« Papa ! Maman ! Violeeeette ! »

Pas de réponse. Une vague inquiétude me serre l'estomac. Je me sens très seul, soudain.

« Ouh ! ouh ! Où êtes-vooouuus ?

— Toc, toc, toc... »

On dirait que le tapotement vient de l'étage au-dessus. Ils ont dû monter.

Je m'apprête à courir les rejoindre quand un éclat de rire s'élève du jardin. Intrigué, je me penche à la fenêtre. Mes parents et ma sœur, installés au milieu de ce qui fut une pelouse – et n'est plus aujourd'hui qu'un champ d'herbes folles –, se préparent à pique-niquer. En m'apercevant, ils me font signe.

« Grouille-toi ! crie Violette. Sinon, il ne restera plus rien à manger !

— Ben... Qu'est-ce que vous faites là ?

— On déjeune, pardi !

— Le grand air nous a ouvert l'appétit, ajoute maman. Pas toi ?

— Oh si ! J'arrive ! »

Abandonnant ma chambre et son intrigant petit bruit, je dégringole l'escalier quatre à quatre.

3

La statue au fond du parc

Lorsque j'arrive dans le jardin, papa et Violette, le nez en l'air, paraissent absorbés dans des calculs compliqués.

« Trois au premier étage, de ce côté-ci, dit Violette, pointant son doigt vers la façade.

— Non, deux, réplique papa. La troisième, c'est celle de la salle de bains.

— Ils comptent le nombre de fenêtres, m'explique maman en me tendant un sandwich au poulet.

— Fais le tour de la villa, fiston, ajoute papa, et dis-nous combien il y en a de l'autre côté. »

J'obéis aussitôt. C'est génial, non, d'avoir une maison avec tellement de fenêtres qu'on doive se mettre à plusieurs pour en faire l'inventaire ? Si les copains de l'H.L.M. savaient ça...

« Trois aussi, plus une sur le pignon : la mienne.

— Donc, ça fait... six chambres. Et au second ? La même chose, je suppose.

— Douze chambres, n'en revient pas maman. Vous rendez-vous compte, mes chéris ? Douze chambres, deux salles de bains, un salon grand comme un hall de gare, une salle à manger, une cuisine équipée d'un cellier... Ça nous change de notre F3, hein ! »

Pendant qu'elle parlait, j'ai continué à compter. Aussi, je rectifie :

« Pas douze, m'man, onze seulement.

— Tu es sûr ? s'étonne papa. J'avais l'impression que les deux étages étaient identiques.

— Ben non, regarde, y a rien au-dessus de ma fenêtre. »

Papa hoche la tête.

« Exact... De toute façon, cet étage-là, on ne s'en occupe pas pour le moment. Y a déjà bien assez de boulot avec les pièces du rez-de-chaussée et du premier !

— Sans compter le parc, qu'il va falloir entretenir », ajoute maman.

Elle dit « parc » au lieu de « jardin », et on voit tout de suite que ça lui fait plaisir. Elle doit avoir l'impression d'être une châtelaine !

« Que c'est beau, ces murs couverts de roses ! murmure-t-elle, en extase. Et quel parfum ! »

Elle dédie un sourire radieux à papa.

« Comme nous allons être heureux, ici, mon chéri ! »

Papa lui rend son sourire. Quand les parents ont cette expression-là, ça signifie qu'ils ont envie d'être seuls. Du coup, je passe le bras autour des épaules de ma sœur.

« Viens, Violette, on va faire un tour !

— Bonne idée, dit papa, allez explorer votre territoire ! »

L'instant d'après, nous nous enfonçons dans la jungle.

*

* *

Les arbres sont si touffus qu'ils ne laissent pas passer les rayons du soleil.

« Il fait froid, dans ce bois, dit Violette en

frissonnant. Et sombre, et humide... J'ai la chair de poule ! »

Elle se frotte les bras pour se réchauffer.

« Et puis, c'est plein de ronces, gémit-elle.

— Bah ! tu t'en fiches : avec ton jean et tes baskets, tu ne sens rien.

— Tu rigoles ? Les épines me piquent à travers le tissu ! »

Quelle douillette, alors !

Comme je suis sympa, je ramasse un bâton pour fouetter les plantes qui nous barrent la route.

« Tu n'as qu'à rester derrière moi, je t'ouvre le chemin... »

Durant un petit moment, elle suit en ronchonnant. Soudain :

« Oh, regarde ! »

Entre deux buissons, une minuscule clairière inondée de lumière vient d'apparaître. Violette en oublie sa mauvaise humeur.

« Que c'est joli ! » s'exclame-t-elle, en battant des mains.

À l'ombre d'un saule pleureur, de vieux bancs sont diposés en rond autour d'une statue. Bien que verdi par la mousse, le personnage de pierre est intact. C'est une petite fille habillée comme dans l'ancien temps, et jouant avec un cerceau. Elle sourit. Un ruban retient ses longs cheveux, et ses pieds sont chaussés de bottines de grand-mère.

La trouvaille enchante Violette.

« On dirait Alice au pays des merveilles ! »

Elle s'approche, inspecte le socle de tout près.

« Viens voir, Cyril, son nom est marqué dessus : *Emma, avril 1912.* Tu crois qu'elle a vraiment existé ?

— Je suppose... Peut-être qu'elle habitait ici...

— Moi, ça me plairait qu'on fasse ma statue, murmure rêveusement Violette. J'en parlerai à papa... »

Je pouffe de rire.

« Te fais pas d'illusions, ma vieille ! T'es trop moche pour ça ! »

J'adore taquiner ma sœur, elle démarre toujours au quart de tour. Mais cette fois, c'est raté. Elle est tellement occupée à admirer Emma qu'elle ne tient même pas compte de ma remarque.

« Quel âge tu lui donnes, toi ?

— Euh !... Difficile à dire... Huit, neuf ans...

— Elle aurait pu être notre copine. Elle vit toujours, à ton avis ? »

Je fais un rapide calcul.

« Si elle avait huit ans en 1912, aujourd'hui elle doit avoir... quatre-vingt-treize ans. Elle est sûrement morte... ou alors, c'est une très très vieille dame !

— Pour moi, ce sera toujours une petite fille... », dit doucement Violette.

Les voix de papa et maman, résonnant dans le parc, nous ramènent à la réalité :

« Cyriiil ! Violeeette ! On rentre ! »

L'instant d'après, encore sous le coup de notre découverte, nous refaisons le trajet en sens inverse. Et, perdue dans ses pensées, ma sœur ne râle pas une seule fois !

4

Ça y est, on est installé !

« Cyril, montre aux déménageurs où se trouvent les chambres. Et toi, Violette, ne reste pas dans nos jambes ! »

Papa et maman sont très énervés. Faut dire, il y a de quoi : ça fait une semaine qu'ils remplissent des cartons, et ce matin, ils se sont levés à l'aube pour terminer les derniers préparatifs. Alors, évidemment, ils manquent de sommeil. Pas étonnant s'ils nous houspillent un peu !

On a dit adieu – sans regrets ! – à notre H.L.M., et avec un peu de tristesse à nos copains. Puis on est partis, ma sœur et moi, dans la voiture avec maman, et papa dans le camion de déménagement. À présent tout le monde s'affaire, et la *Villa Rose Thé*, si longtemps silencieuse, ressemble à une ruche.

Tandis que je pilote les deux costauds à travers le dédale des couloirs, Violette boude dans son coin. Elle a horreur de se faire rabrouer.

Bientôt, l'étage se meuble. Conscient de mon importance, je donne des directives aux déménageurs pour qu'ils installent mon lit, mon armoire et mon bureau aux emplacement prévus.

Nettoyée et rangée, ma chambre n'a plus rien d'un taudis poussiéreux. On s'y sent merveilleusement bien, Rambo et moi. Je suis en train de punaiser mes posters de mangas quand un appel retentit dans le couloir :

« Violette, où es-tu ? » Puis ma porte s'ouvre.

« Tu n'as pas vu ta sœur, Cyril ? demande maman.

— Elle n'est pas en bas, dans le salon ?

— Non, j'ai fouillé partout... Il faudrait qu'elle s'occupe un peu de sa chambre !

— Et dans le jardin, tu as regardé ? »

Maman hoche la tête.

« Elle ne s'est pas volatilisée, tout de même ! »

Je réfléchis un instant, puis une idée germe dans mon cerveau.

« Je crois que je sais où la trouver ! »

Trente secondes plus tard, je traverse le bois au pas de course.

Ma sœur est bien là où je l'imaginais : dans la petite clairière. Assise sur l'un des bancs, elle fredonne une comptine, les yeux perdus dans le vague. Un merle noir au bec jaune, perché sur le cerceau de la statue, lui tient compagnie. Il chante, lui aussi, à pleine gorge.

Mon arrivée interrompt la comptine et met l'oiseau en fuite.

« Qu'est-ce que tu fiches là, Violette ? Maman a besoin de toi ! On est tous au boulot, et mademoiselle se prélasse ! »

Ma sœur me lance un regard mauvais.

« Je reste avec Emma. Elle, au moins, elle ne me bouscule pas !

— Forcément : faut être en pierre pour te supporter ! »

Déjà, j'ai fait volte-face et je repars en sens inverse, jetant par-dessus mon épaule :

« En tout cas, t'as intérêt à te dépêcher de rentrer : maman est furax !

— Je viendrai si je veux, d'abord !

— Oh, je m'en fiche, mais je te conseille de ranger ta chambre avant de te coucher : toutes tes affaires sont entassées sur ton lit ! »

*
* *

Moi, l'excitation, ça me donne des insomnies. Il est au moins minuit, et je n'arrive pas à fermer l'œil. La lune, en pénètrant par la fenêtre sans rideau, fait surgir de l'ombre des bribes de mon univers : un coin du mur fraîchement repeint en jaune, une tranche de parquet, mon bureau, ma console de jeux, une portion d'étagère où s'alignent mes livres...

Avoir sa chambre à soi tout seul, c'est merveilleux. Hier encore, dans notre ancien appartement, je partageais une pièce minuscule avec Violette. J'étais bien obligé de supporter son désordre ; et quand elle ronflait, elle me réveillait.

Dans sa cage, Rambo s'affaire. J'entends ses petites dents ronger des céréales. A-t-on idée de manger à une heure pareille !

« Arrête, Rambo ! Tu m'empêches de dormir ! »

Le hamster s'en fiche, et continue à grignoter imperturbablement. Lorsque soudain :

« Toc, toc, toc... »

Je me redresse d'un bond. Ça y est, ça recommence. Le même petit bruit que l'autre jour, mais amplifié par le silence et l'obscurité.

« Toc, toc, toc... »

J'allume la lampe de chevet, je me lève, je vais à la fenêtre. Dans le noir, le parc a quelque chose d'effrayant. Si le clair de lune permet de distinguer les abords de la villa, le bois, en revanche, n'est qu'une masse sombre, hostile et pleine de mystère. Pour rien au monde je ne voudrais m'y promener en pleine nuit !

« Toc, toc, toc... »

Et ce tapotement qui continue...

Il faut absolument faire quelque chose ! Appeler papa, par exemple.

Oui mais, à cette heure-ci, papa ronfle. Et comme il a eu une dure journée, si je l'éveille, bonjour l'engueulade !

Trouvons autre chose.

Des boules Quies. Bonne idée ! Il y en a toujours dans la pharmacie. Avec ça dans les oreilles, même un cyclone, on ne l'entend pas !

À pas de loup, je me dirige vers la salle de bains. Le plancher craque, les portes grincent. Brrr... il y a de quoi vous donner la pétoche !

La salle de bains est un vrai capharnaüm ! Maman n'a pas encore eu le temps de la ranger. Dans laquelle de ces caisses, empilées les unes sur les autres, se trouve la pharmacie ? Pfffttt ! Ce n'est même pas la peine de chercher, autant entreprendre des fouilles archéologiques.

Je retourne bredouille dans ma chambre.

« Toc, toc, toc... »

Oh, et puis zut, j'en aurai le cœur net ! Je ne suis pas une poule mouillée, quand même ! Ce petit bruit, ce n'est sans doute rien du tout : juste – je ne sais pas, moi – un robinet qui coule ou un volet qui claque. Si je veux que ça s'arrête, il faut d'abord que je sache d'où ça vient.

Prenant mon courage à deux mains, je me dirige vers l'escalier.

5

Toc, toc, toc...

Le deuxième étage est en tout point semblable au premier, sauf qu'on n'y a pas fait le ménage. Une ampoule nue, suspendue au plafond, l'éclaire faiblement. Comme en dessous, il se compose d'un long corridor garni de portes. Trois d'un côté, trois de l'autre. Qu'y a-t-il derrière ces portes ? Des pièces vides, pleines de toiles d'araignées...

C'est fou comme la nuit les choses semblent différentes. Autant, pendant la journée, j'inspecte avec plaisir ce genre d'endroits, autant, à cette heure-ci, ils me semblent menaçants.

N'importe quoi peut se tapir dans la pénombre d'une vieille maison...

Allons, un peu de cran ! Je ne vais tout de même pas « flipper » comme un gosse.

« Toc, toc, toc... »

Je ne m'étais pas trompé, c'est bien ici l'origine du bruit. Il est beaucoup plus net qu'en bas. Je dresse l'oreille pour repérer sa direction.

Il provient du bout du couloir, au-dessus de ma chambre.

Mais... il n'y a rien, au bout du couloir. Juste un placard, qui occupe le mur du fond.

Et... c'est du placard que vient le bruit.

Sous moi, je sens mes jambes flageoler. Ce tapotement, si proche à présent, me hérisse les cheveux sur la tête. Une incontrôlable panique s'empare de moi. Qu'est-ce que je fais ? Je me dégonfle ? Je prends la poudre d'escampette et je plonge dans la chaleur rassurante de ma couette ?

Oui, retourner dans mon lit, je crois que c'est la meilleure solution. Tant pis si je dors mal, au moins je serai à l'abri. Demain, c'est dimanche ; j'aurai la journée entière pour récupérer et régler ce problème de robinet – ou de tuyauterie, ou de volet, ou que sais-je ? – avec papa.

Dans ma tête, une petite voix crie : « Lâche !

Mauviette ! » Bon, d'accord, je l'ouvre, ce placard. Après tout, il ne va pas me manger.

Je tends la main vers la poignée, je tire avec précaution...

« AAAAAAH ! »

Quelque chose de griffu m'a sauté au visage.

Épouvanté, je recule, perds l'équilibre, m'étale par terre, me relève et me rue dans l'escalier que je dévale ventre à terre. Jamais, de toute ma vie, je n'ai eu une telle trouille. J'ai failli pisser dans mon pyjama !

Mon agresseur me suit d'un vol désordonné, et d'une vivacité ahurissante.

Une chauve-souris ! Une pauvre petite chauve-souris qui dormait dans le placard et que j'ai dérangée....

Mentalement, je me moque de moi-même. On n'a pas idée d'être aussi poltron. Quand je pense que j'ai failli réveiller toute la maison, avec mes hurlements. La bestiole, agressée par la lumière électrique, continue à se cogner partout. Sûr, elle a encore eu bien plus peur que moi !

Rassuré, je remonte.

« Alors, vilaine, c'est toi qui faisais tout ce raffut dans le placard ? Tu es encore pire que Rambo, ma parole ! »

J'ai envie de me donner des gifles tellement je me trouve stupide. Moi qui adore les animaux, faire un cirque pareil pour une pipistrelle ! Heureusement que personne ne m'a vu, j'en serais mort de honte !

Du coup, plus rien ne m'impressionne. Entrant en trombe dans l'une des chambres vides, j'ouvre la fenêtre. Puis, avec de grands gestes, je chasse la chauve-souris.

« Allons, sauve-toi, tu seras mieux dehors ! »

L'instant d'après, la petite bête s'envole dans la nuit.

La conscience tranquille, je regagne ma chambre. Toutes ces émotions m'ont épuisé, je bâille à m'en décrocher la mâchoire. Enfin, maintenant, je vais pouvoir dormir. Je me glisse dans mon lit, tapote mon oreiller, ferme les yeux... Un doux engourdissement me gagne... Et soudain :

« Toc, toc, toc... »

Plus virulent que jamais, le bruit vient de reprendre. Glacé jusqu'aux os, je me cache sous ma couette.

*

* *

Lorsque j'émerge, le lendemain matin, toute la famille est déjà au travail. Maman accroche des cadres sur les murs du salon, papa fait les branchements de la télé et de la chaîne, et Violette range les CD dans l'étagère.

La grande pièce au miroir a fière allure, maintenant qu'elle est toute propre. Nos meubles, par contre, font vraiment ridicules. Le canapé a l'air d'une miniature, la table et les chaises ressemblent à des jouets. Quant à la bibliothèque, qui paraissait immense dans l'H.L.M., il faut presque une loupe pour la voir, ici !

« En forme, fiston ? jette papa en m'apercevant.

— Non, j'ai mal dormi, y a eu du bruit toute la nuit !

— Du bruit ? Quel genre de bruit ? s'étonne maman.

— Comme des petits coups, juste au-dessus de ma tête. Je me demande vraiment ce que c'est. »

Vais-je leur parler de mon expédition nocturne ? Bah, inutile, ils se moqueraient de moi !...

« Que veux-tu, elle n'est plus toute jeune, cette villa ! sourit maman. La charpente travaille, les murs s'affaissent, les planchers craquent...

— ... et la plomberie fait un vacarme de tous les diables, ajoute papa. À ce propos, il faudra que je purge les radiateurs et que je vérifie l'étanchéité des tuyaux avant l'hiver. Sinon, gare aux mauvaises surprises ! »

Je gagne la cuisine au radar et me laisse tomber lourdement sur une chaise. Le lait et les céréales sont encore sur la table, je m'en sers une bonne rasade. Un grand bol de *Corn Flakes* ou de *Rice Crispies,* je ne connais rien de mieux pour vous redonner le goût de vivre...

Je mâche en écoutant les grains de riz croustiller sous ma dent, quand la voix de Violette éclate derrière moi :

« Qu'est-ce que t'as trafiqué, cette nuit ? »

Je me retourne, comme piqué par un moustique. Elle me toise, les poings sur les hanches, avec son petit bout de nez pointu et ses deux couettes qui dansent des deux côtés de sa tête.

« Je t'ai entendu, poursuit-elle, tu t'es promené et t'as même crié. J'ai failli venir te rejoindre ! »

J'avale lentement ma bouchée pour me donner le temps de réfléchir. Est-ce que je mets ma sœur dans le coup ? Bah, après tout, pourquoi pas !?

« Il se passe un truc bizarre...

— Le bruit dont tu parlais tout à l'heure ?

— Oui... Mais je n'ai pas tout dit à papa et maman... »

En quelques mots, je lui raconte mon aventure : le placard, la chauve-souris, etc.

« Montre-moi ça ! » exige-t-elle, frémissante de curiosité.

L'instant d'après, nous nous retrouvons tous deux devant le placard en question. Un placard légèrement entrouvert, et à présent silencieux.

« C'est là ? s'étonne Violette, scrutant la lourde porte de chêne sculpté. T'es sûr de pas avoir rêvé ?

— Pour qui tu me prends ? Ça s'arrête par moments, puis ça recommence... »

Elle fronce les sourcils, incrédule. Mentalement, je supplie le bruit de reprendre. Ce silence est aussi vexant que lorsqu'on va chez le docteur pour un mal de ventre, et que les crampes disparaissent d'elles-mêmes dans la salle d'attente !

« Toc, toc, toc... »

Ouf, je ne vais pas passer pour un crétin ! Merci, le bruit !

Les yeux de ma sœur s'arrondissent.

« Y a quoi, à l'intérieur ? souffle-t-elle.
— Ben... J'en sais rien, justement !
— Ouvre, qu'on regarde !
— Ouvre toi-même !
— Non, toi, t'es le plus grand !
— Et alors ? Moi, je l'ai déjà ouvert cette nuit, c'est ton tour maintenant ! »

Pour une fille, Violette est drôlement audacieuse ! D'un geste décidé, elle écarte le battant. Prudemment, je fais un pas en arrière.

La lumière envahit l'intérieur du placard. Et là... là...

Nous restons tous deux stupéfaits. Car le placard est vide. Et pourtant :

« Toc, toc, toc... »

Dans le placard vide, le petit tapotement continue.

« Y a rien..., murmure Violette d'une voix blanche.
— T'as déjà vu "rien" faire du bruit, toi ?
— Ben non... »

D'un geste craintif, elle prend ma main.

« Cyril... J'ai les ch... chocottes... »

Sentiment partagé ! D'un commun accord, nous battons en retraite, laissant, sur le palier désert, l'étrange placard grand ouvert.

6

Le mystère de la chambre rose

« Cyril ? »

Depuis l'expédition de ce matin, Violette semble plongée dans un abîme de réflexions.

« Ouais ?

— Je pense à quelque chose... Et si... »

Elle avale sa salive d'un air préoccupé.

« ... Et si le bruit ne venait pas du placard, mais de *derrière* le placard ? »

Je hausse les épaules.

« Impossible : il est contre le mur.

— Alors, si le bruit venait de *derrière* le mur qui est *derrière* le placard ? »

Tout d'abord, je rigole, et je m'apprête à lui demander si elle collectionne les « derrière ». Mais ça, c'est une réflexion un peu bête de grand frère. En y réfléchissant, je trouve qu'elle n'a pas tort. Pas tort du tout, même...

Derrière le mur qui est derrière le placard, qu'y a-t-il donc ?

Ben... La façade, pardi !

La façade ?

Un souvenir me revient subitement en mémoire. L'autre jour, quand on comptait les fenêtres, j'ai eu une drôle d'impression. Je ne m'y suis pas attardé, mais à présent, il me semble que j'aurais dû...

Au-dessus de ma chambre, pourquoi n'y a-t-il pas de fenêtre ? Les deux étages sont tout à fait pareils, papa l'a dit. Les deux couloirs ont la même longueur. Donc, logiquement, au second, il manque une pièce : celle du fond...

Une bouffée d'excitation me saisit.

Sacrebleu ! Violette a raison, je ne vois pas d'autre explication : il y a quelque chose derrière le placard !

Ma sœur ne m'a pas quitté des yeux. Elle a dû suivre le cheminement de ma pensée sur mon visage.

« Alors ? s'enquiert-elle.

— Tu es géniale, sœurette ! »

Violette a le triomphe modeste. Elle se contente de sourire.

« On y retourne ? »

Nous sommes si impatients que nous en oublions d'avoir peur. D'ailleurs, ce malheureux placard nous semble bien inoffensif, à présent.

« Il faudrait le pousser, dit Violette. Regarde, il n'est pas tout à fait collé au mur, je peux presque passer ma main entre les deux. »

Mais nous avons beau unir nos forces, impossible de déplacer le meuble d'un centimètre !

« Qu'est-ce qu'on fait ? se désole Violette. On appelle papa ? »

Du rez-de-chaussée nous parvient le grondement de la perceuse.

« Si on le dérange pour rien, on va se faire attraper. Mieux vaut qu'on se débrouille seuls.

— Alors, autant laisser tomber tout de suite !

— Pas sûr... Tu as remarqué comment les déménageurs ont mis le buffet en place, hier ? »

Les traits de ma sœur s'illuminent.

« Grâce à des petites rondelles spéciales. J'ai vu la pub à la télé. Avec ces trucs, même un gosse de trois ans peut faire glisser une armoire normande sur le sol ! »

Elle file comme une flèche en direction de l'escalier.

« Je sais où papa les a rangées, je vais les chercher ! »

Quelques secondes plus tard, nous insérons, non sans mal, les rondelles sous les pieds du placard. Du coup, le faire pivoter devient un jeu d'enfant.

Et que trouvons-nous derrière le placard ?

Une porte.

« Toc, toc, toc... »

Transis d'effroi, nous nous figeons sur place. Le bruit est beaucoup plus net, à présent. Et tout proche.

C'est celui d'un doigt qui toque, de l'autre côté de la porte.

*

* *

Notre premier réflexe est, bien entendu, de prendre nos jambes à notre cou et de filer sans demander notre reste. Mais ça, on l'a déjà fait tout à l'heure. Alors, d'un commun accord, nous restons. On ne peut quand même pas passer sa vie à se sauver !

Et puis, entre la frousse et la curiosité, il se peut bien que la curiosité l'emporte...

N'empêche que Violette est pâle à faire peur. Et je n'ose imaginer de quelle couleur, moi, je suis. Je grelotte et je transpire à la fois. Nous ne devons pas être beaux à voir, tous les deux !

Lorsque, enfin, je peux articuler un son, c'est pour bégayer :

« Y a... Y a quelqu'un dans cette p... pièce...

— Quelqu'un qui veut s... sortir..., ajoute ma sœur entre deux claquements de dents. Faut qu'on lui ou... ouvre...

— Tu c... crois ?

— Ben ouais... Sinon on ne s... saura jamais qui c'est... et ça continuera à... à toquer...

— Y a p... peut-être du danger... »

Avec un haussement d'épaules signifiant clairement « tant pis », elle saisit la poignée. Mais la porte résiste. En moi-même, je sens un pincement de jalousie. Est-ce que, par hasard, ma petite sœur serait plus courageuse que moi ?

« C'est sûrement fermé à clé..., murmure-t-elle.

— Tu vois bien qu'il n'y a pas de serrure.

— Ou alors, le verrou est tiré.

— Laisse-moi faire ! »

J'essaie à mon tour. Faut quand même que je prouve que c'est moi l'aîné ! Violette est courageuse, d'accord, mais moi, je suis le plus fort !

Bien qu'un peu dure, la poignée finit par tourner. Avec un grincement de gonds mal huilés, la porte s'ouvre.

D'instinct, nous nous serrons l'un contre l'autre, et je sens trembler Violette. Elle a rentré la tête dans les épaules, comme lorsqu'on s'attend à recevoir un choc. Nos yeux nous font mal tellement on regarde.

Impossible de distinguer quoi que ce soit, il fait trop sombre. Il faudrait allumer l'électricité. Mais ni l'un ni l'autre n'osons avancer.

Une désagréable odeur nous assaille les narines. La même que chez les bouquinistes et les brocanteurs. Un mélange de moisissure, de vieux papiers, de tissus anciens, et de l'atmosphère confinée des chambres de malades.

« Alors, elle sort, la chose qui toque... ? » murmure Violette d'une toute petite voix.

Nous attendons, le souffle suspendu. Mais la chose ne sort pas.

En fait, il semblerait que la pièce soit vide. À moins que la chose ne se terre dans le noir, aussi effrayée que nous.

« On ne va pas rester comme ça cent sept ans, chuchote Violette. Éclaire, Cyril.

— Oh, l'autre... Éclaire toi-même !

— J'ai trop la trouille... »

Moi aussi, évidemment. Mais c'est l'occasion ou jamais d'épater ma sœur. Tout crispé d'angoisse, je fais un pas, puis un second. J'ai l'impression de plonger dans un bain d'encre.

Mes doigts tâtent fébrilement le mur à la recherche de l'interrupteur. Ah, le voilà. Clic ! La lumière jaillit.

Une exclamation – de surprise ? d'émerveillement ? d'effroi ? les trois à la fois, sans doute – s'échappe de nos deux bouches en même temps :

« Ooooooh ! »

La chambre est toute rose : lampe, rideaux, tapis, dessus de lit. Toute rose, et pleine de poupées.

Contrairement au reste de la maison, elle n'est ni sale ni poussiéreuse. Elle sent juste le renfermé. Et il n'y a personne dedans...

« Je rêve... », murmure Violette.

Hypnotisée, elle marche vers le lit où sont alignées les poupées, et en saisit une au hasard. Minois de porcelaine, yeux de verre qui s'ouvrent et se ferment, robe à frous-frous... C'est un jouet de grand-mère. J'en ai vu de semblables à la vitrine de l'antiquaire, à côté de l'école.

« Ma-ma... », fait la poupée quand ma sœur la repose.

Ce petit cri, troublant le silence, me fait courir un frisson le long du dos.

L'atmosphère qui règne ici m'est insupportable. Je ne sais pas exactement pourquoi, mais j'ai envie de m'enfuir en hurlant.

Voyons, qu'est-ce qui me dérange à ce point ? L'odeur ? L'indéfinissable parfum de vieilleries ?

Oui, l'odeur, sûrement...

« Faut aérer, ça pue ! dis-je, en me dirigeant vers la fenêtre dont les tentures sont fermées.

— Et laisser entrer le soleil ! » ajoute ma sœur.

D'un geste sec, j'écarte les rideaux. Et je pousse une exclamation étouffée.

La fenêtre est murée.

Voilà pourquoi on ne la voit pas de l'extérieur ! Derrière cette vitre, il n'y a qu'un pignon aveugle couvert de rosiers grimpants.

En proie à un malaise grandissant, je bredouille :

« Qu'est-ce que ça signifie, Violette ?

— J'en sais rien..., répond ma sœur en se mordant les lèvres.

— Une chambre de petite fille sans fenêtre, dont la porte est condamnée, et qui semble presque habitée, dans une maison inoccupée depuis des années...

— ... et où quelque chose fait "toc, toc"... »

Devant un tel mystère, une terreur sans nom s'empare de nous. Nous jaillissons hors de la pièce, claquons la porte, repoussons le placard, et dégringolons jusqu'au rez-de-chaussée.

« Jamais je remettrai les pieds dans cet endroit, halète Violette. Je préférerais encore me faire couper en morceaux !

— Moi pareil ! Est-ce qu'on en parle aux parents ?

— T'es fou ! Pour une fois qu'on a un secret qui en vaut la peine ! »

Au même instant, maman sort de la cuisine, portant une pile d'assiettes.

« Eh bien, vous en faites une tête, les enfants ! dit-elle en riant. On dirait que vous venez d'apercevoir le Diable ! »

C'est à peu près ça.

*
* *

Durant tout le reste de la journée, quelque chose me turlupine et je n'arrive pas à savoir quoi. Ce n'est que le soir, au moment de me coucher, que je réalise : en nous sauvant de la chambre rose, nous avons oublié d'éteindre la lumière. Et de penser que, là-haut, juste au-dessus de moi, cette pièce mystérieuse est éclairée me glace le sang.

7

Violette à disparu !

Je ne sais pas comment se débrouille Violette, mais moi, être « le nouveau », j'ai horreur de ça. D'autant que je redouble ma quatrième et que je suis le plus grand de ma classe.

Il faut bien y passer, pourtant, je n'ai pas le choix. Ce matin, en partant travailler, papa et maman nous ont conduits, ma sœur à l'école du village, et moi au collège, quelques kilomètres plus loin. Et papa m'a dit en me quittant :

« À quatre heures, le car de ramassage vous

déposera tous deux devant la villa. J'espère que vous serez sages : nous ne rentrerons pas avant sept heures ! »

J'ai fait « oui » de la tête. Garder ma sœur, j'ai l'habitude : depuis qu'elle est au C.P., c'est moi qui m'en occupe, le soir, après les cours !

« Je compte sur toi, mon grand ! a insisté maman. Veille à ce que Violette ne fasse pas de bêtises. Un accident est si vite arrivé !

— T'en fais pas, m'man, je la surveillerai, promis-juré-craché ! »

On s'est embrassés, puis la voiture a redémarré et je suis resté tout seul devant le collège, avec un tas d'inconnus qui chahutaient dans la cour, de l'autre côté du portail.

À peine entré en classe, la prof de français – qui est aussi notre prof principal – m'a fait monter sur l'estrade.

« Je vous présente Cyril Decoin, qui vient de s'installer dans notre commune, a-t-elle annoncé. J'espère que vous lui ferez bon accueil !

— Salut ! » ai-je lancé à la ronde.

Quelques « coin-coin » ont fusé ici et là, mais j'ai l'habitude. C'est chaque fois pareil : en entendant mon nom, il y a toujours des petits malins qui se prennent pour des canards. Ce n'est pas très original et ça dure depuis la maternelle.

Je me suis installé sur le banc du fond parce qu'il ne restait plus d'autre place libre.

Ce n'est vraiment pas marrant d'être « le nouveau ». Les élèves me lancent des regards furtifs par-dessus leur épaule, en se chuchotant des trucs entre eux. Parfois, ils se retournent, se poussent du coude et pouffent de rire. Je me demande vraiment ce qu'ils me trouvent de si drôle !

Je m'efforce de suivre la leçon, mais j'ai la tête ailleurs. Je pense à l'étrange découverte d'hier... Sûr que, si ces idiots étaient au courant, ils ricaneraient moins !

*

* *

Les heures passent. Les profs se succèdent, les récrés aussi. Quand arrivent quatre heures, je ne me suis pas fait un seul copain, et la journée m'a paru interminable. C'est avec soulagement que je grimpe dans le car qui me ramène chez moi.

Devant l'école primaire, Violette embarque à son tour. Ah ! Enfin quelqu'un à qui parler !

J'ai rarement été aussi content de retrouver ma sœur !

De mon siège, je lui fais de grands signes : il y a une place à côté de moi. Mais elle me tourne ostensiblement le dos.

J'en reste estomaqué.

En vitesse, je fais mon examen de conscience. Pourquoi Violette m'en veut-elle ? J'ai beau me creuser les méninges, aucun souvenir de dispute ne me revient. Au contraire, on était plutôt copains, hier soir. La découverte de la chambre rose nous trottait tellement dans la tête qu'on n'a même pas pensé à s'engueuler, comme on le fait d'habitude. Partager un secret, ça rapproche...

Qu'est-ce qui lui prend ?

Mine de rien, je l'observe. Les bras croisés, le regard fixe, elle boude. Ma sœur a vraiment le plus sale caractère du monde, et – manque de bol – il a fallu que ça tombe sur moi !

Et si... Mais oui, évidemment ! Comment n'y ai-je pas pensé plus tôt ? Ce n'est pas moi qui suis la cause de sa mauvaise humeur, mais cette fameuse première journée d'école. Ça s'est sans doute mal passé pour elle aussi, et elle me le fait payer.

En tout cas, mieux vaut ne pas lui poser de

questions : elle serait capable de m'envoyer sur les roses !

J'en suis là de mes réflexions quand les murs de la villa se profilent à l'horizon. Quelques minutes plus tard, toujours sans échanger un mot, nous poussons la grille pour rentrer chez nous.

*
* *

« Bois ton chocolat, Violette ! »

Ma petite sœur me lance un regard noir.

« Je t'ai déjà dit que j'en veux pas, je préfère le Coca.

— On ne boit pas de Coca au goûter ! »

Toute raide de colère, Violette me dévisage.

« Pour qui tu te prends, monsieur Je-sais-tout, à me donner des ordres ? »

Je me redresse de toute ma taille de grand frère particulièrement grand.

« J'ai promis à maman de m'occuper de toi, alors tu bois le chocolat que je t'ai préparé, ou je me fâche !

— Va te faire voir ! » crache Violette.

Et, furieuse, elle repousse sa chaise pour se ruer vers l'étage. Je lui emboîte ausitôt le pas.

« Reste ici !

— Compte là-dessus ! Je préfère m'enfermer dans ma chambre que de voir ta sale bobine une seconde de plus. »

Avec un soupir d'agacement, je retourne à la cuisine. Elle est de plus en plus insupportable, cette fille !

Dommage, quand même ! La vie pourrait être tellement chouette, ici, si elle voulait...

Quand on habitait l'H.L.M., c'était normal qu'on soit tout le temps en rogne : on manquait de place. Dès qu'un de nous deux bougeait, il gênait l'autre. Si Violette allumait la télé, je n'arrivais plus à faire mes devoirs. Si je recevais un copain, elle s'enfermait dans les toilettes soi-disant pour avoir la paix, et plus personne ne pouvait y aller. Et sitôt que je mettais un disque, elle se bouchait les oreilles en prétendant que c'était nul.

Mais dans la *Villa Rose Thé*, il y a tellement d'espace que ça donne le vertige. Sans compter le jardin. Alors, je pensais qu'on allait mieux s'entendre. C'était bien parti pour, avec cette histoire de chambre rose...

Et là, d'un seul coup, voilà Violette qui redevient odieuse...

Tout en débarrassant la table, je rumine. Ça

va être gai, si j'ai droit tous les jours au même numéro. Ils en ont de bonnes, papa et maman ! Me confier ma sœur, c'est très joli, mais encore faut-il qu'elle m'obéisse !

Dès ce soir, je leur en parlerai. Ils n'ont qu'à trouver une solution, moi j'y renonce. Après tout, c'est leur faute si elle est aussi insupportable : qu'ils assument ! Ou ils la mettent au pas, ou ils prennent une baby-sitter. Au moins, je n'aurai pas la responsabilité de cette tête de mule.

Enfin, tant qu'elle est dans sa chambre, je suis tranquille...

*
* *

C'est fou comme le temps passe vite, quand on est absorbé. Le bruit de la clé dans la serrure me tire de mon devoir de maths.

« Alors, Cyril, comment s'est passée cette première journée de classe ? demande papa, en retirant son veston.

— Bof, pas génial... Y a que des ploucs dans ce collège !

— Violette n'est pas avec toi ? s'étonne maman.

— Elle boude dans sa chambre. J'en ai vraiment marre de ses caprices, tu sais ! »

Avec un sourire indulgent, maman me passe la main dans le cou et me caresse la nuque.

« Vous vous êtes encore chamaillés ?

— Elle rechigne sur tout, m'envoie balader dès que je lui dis la moindre chose, me traite de tous les noms... C'est pénible ! Elle n'a même pas voulu goûter.

— Tu manques de patience avec elle, dit papa. Il ne faut pas la prendre à rebrousse-poil, mais plutôt la raisonner, lui expliquer...

— Le déménagement l'a perturbée, reprend maman. Donne-lui le temps de s'habituer à sa nouvelle vie. Tu verras, dans quelques jours, ça ira mieux ! »

Rien n'est moins sûr, mais allez discuter avec des entêtés pareils ! Ils sont persuadés que leur fille est la huitième merveille du monde...

Je lève les yeux au ciel, et à ma mimique, ils voient bien que je ne suis pas de leur avis.

« Tu as l'air d'un vieux professeur dont on a bafoué l'autorité ! rigole papa.

— Va prévenir ta sœur que nous mangeons dans dix minutes, ajoute maman, en sortant des steaks hachés du congélateur. Hamburgers maison et frites bien croustillantes, ça vous dit ? »

Les mères connaissent les mots magiques qui viennent à bout de toutes les contrariétés !

« O.K., je monte la chercher !... »

*
* *

« Violeeeette ! Viens manger ! »

Pas de réponse. J'entrouvre la porte de sa chambre.

« Allez, on fait la paix ! Arrête de... »

Tiens ? Il n'y a personne.

« Tu te caches ou quoi ? »

Je jette un coup d'œil sous le lit, dans l'armoire, derrière le bureau. Pas plus de Violette que de Carambar dans un bocal de cornichons !

À tout hasard, j'inspecte la salle de bains, la chambre de papa et maman, la mienne, et les quatre autres pièces de l'étage. En vain.

Une bouffée d'angoisse me saisit. Elle a dû descendre au jardin sans que je m'en rende compte. Pourvu qu'elle n'ait pas fait de bêtises, du genre grimper aux arbres et se casser la figure !

Je redescends en trombe.

« Que se passe-t-il ? s'exclame maman, en me voyant passer.

— Je ne la trouve pas, elle doit être dehors ! »

À tous les coups, elle a rendu visite à la statue d'Emma. Je cours à la clairière.

« Violette ! Violeeeette ! »

La clairière est déserte.

8

La poupée enterrée

Le fumet des hamburgers qui grillent, je ne connais rien de meilleur. Mais pour une fois, je le remarque à peine. L'inquiétude me tord l'estomac, me serre la gorge et me bouche les narines.

Inutile de repasser par la cuisine et d'alarmer maman. Sans me faire remarquer, je remonte en quatrième vitesse.

Il n'y a plus qu'un endroit où peut se trouver ma sœur. Un seul. Et rien que d'y penser, j'en ai la chair de poule.

Sans m'arrêter au premier étage, je file directement au second.

Gagné ! Le placard a été déplacé. Au fond du couloir, juste en face de moi, j'aperçois la porte de la chambre rose.

À la fois soulagé et inquiet, je m'y précipite.

« Violette, qu'est-ce que tu... ? »

Sur le seuil, je m'immobilise, à nouveau saisi par l'étrangeté de la pièce. Elle semble si peu... réelle. Comme si le temps, qui a lentement dégradé la maison, n'avait eu aucune prise sur elle. Comme si un pouvoir mystérieux l'avait empêchée de vieillir...

Tout m'inquiète, ici. Ce papier peint à bouquets, ces petits meubles, ces coussins garnis de rubans, ces mignons bibelots. Les arabesques pastel de ce tapis. Ces lampes aux abat-jour en forme de jupons. Et surtout cette fenêtre murée, derrière son rideau de dentelle... Cette fenêtre murée, transformant la charmante chambrette en... (une brusque montée d'angoisse me saisit) en une sorte de tombeau...

Assise sur le tapis, Violette me tourne le dos. Elle a étalé les poupées autour d'elle, et chantonne en langeant un bébé de cire. Mon arrivée ne l'interrompt même pas.

Comme elle paraît à l'aise dans ce rôle de petite maman... Trop. Beaucoup trop.

D'habitude, elle est plutôt du genre garçon manqué. On me l'a changée ou quoi ?

L'espace d'un éclair, j'ai l'étrange impression que cette chambre est la sienne, que ces jouets sont les siens. Mais ce sentiment est si fugace qu'il s'estompe aussitôt.

Déjà, je la houspille :

« Qu'est-ce que tu fais ? Tout le monde se demande où tu es passée ! Je croyais que tu ne voulais plus remettre les pieds ici ? »

Elle se retourne lentement. En général – et malgré son sale caractère – Violette est plutôt mignonne, comme fille. Un petit visage impertinent, une bouche garnie de fossettes, des yeux bleus pleins de malice...

Eh bien là, subitement, je la trouve laide. Affreuse. Et cette constatation me glace.

Entre ses paupières filtre un regard mauvais. Ses lèvres sont presque blanches à force d'être pincées. Une grimace haineuse fronce son nez. Même dans ses pires colères, je ne lui ai jamais vu une expression pareille !

Franchement, elle exagère ! Tout ça pour une petite dispute de rien du tout. Ma parole, ce n'est plus une punaise, ma sœur, c'est une mygale. À croire que les araignées de la *Villa Rose Thé* déteignent sur elle !

« Fiche le camp, pauvre débile ! » me jette-t-elle d'une voix éraillée.

Suffoqué, je mets un petit moment avant de répliquer :

« À ton aise, ma vieille ! Mais ne te plains pas s'il ne reste plus de hamburgers ! »

Dignement, je tourne les talons.

« Je m'en fiche pas mal ! » siffle Violette dans mon dos.

C'est la réponse la plus ahurissante que j'aie jamais entendue. Surtout quand on connaît la gourmandise de ma sœur !

*

* *

« Où vas-tu, ma chérie ? demande maman, du fond de son fauteuil. Tu ne regardes pas la télé avec nous ? »

La soirée télé, c'est le meilleur moment de la journée. On se pelotonne tous les quatre sur le sofa – même des fois tous les cinq, avec Rambo ! –, des provisions de chips et des canettes de Coca à portée de main. Les jours de classe, le programme s'arrête à neuf heures et demie, pour ma sœur et moi. Mais le week-end, on peut suivre le film jusqu'au bout. Moi j'adore ça, surtout quand il y a des westerns.

« Je préfère aller faire un tour au jardin, répond Violette.

— Ne tarde pas trop, hein ! » dit papa.

Puis il se replonge dans les infos.

Par la fenêtre, on peut admirer le coucher de soleil. Le ciel est couleur jus de groseille, et les silhouettes des arbres qui se détachent dessus ressemblent à des ombres chinoises. Aucune émission ne vaut ce spectacle !

Finalement, moi aussi, je sortirais bien. Et pas seulement pour admirer le paysage. L'attitude de ma sœur me reste sur le cœur. Il faut qu'on s'explique une bonne fois pour toutes. Le calme du soir, c'est idéal pour se réconcilier, non ?

« Attends-moi, Violette ! »

Violette fait celle qui n'entend pas, et le temps que je m'extirpe des coussins, elle est déjà dehors. Elle ne va quand même pas me tirer la tête jusqu'à la saint-glinglin !

Où court-elle ? Au lieu de se diriger vers les bois, comme je m'y attendais, elle contourne la villa.

Intrigué, je la suis discrètement. Elle se glisse dans le garage, dont elle ressort trois secondes plus tard armée d'une bêche. Puis elle traverse la pelouse et s'engage sous les arbres.

Silencieux comme une ombre, je continue ma filature. Je dois être doué, car elle ne me repère pas. Un vrai Sherlock Holmes !

L'un derrière l'autre, nous atteignons la clairière. Une lumière orange la baigne. Dans les branches du saule pleureur, des oiseaux s'égosillent.

Violette se plante devant la statue d'Emma. Un long moment, elle reste là, immobile, à scruter les traits de pierre. On dirait presque... mais non, je divague ! Si elle est aussi attentive, c'est simplement parce qu'elle écoute le chant des oiseaux.

Un instant, j'ai eu l'impression qu'elle communiquait avec la statue.

Je hausse les épaules en me moquant de moi-même. J'ai vraiment trop d'imagination ! D'ailleurs, le « dialogue » entre Violette et Emma s'est rompu, et ma sœur furète à présent derrière les bancs, à quatre pattes dans la mousse. Elle semble chercher quelque chose.

Ah ! Elle se redresse, un sourire de triomphe sur le visage. Puis elle plante sa bêche dans le sol, crache dans ses mains, et se met à creuser.

Qu'est-ce que ça signifie ?

Je retiens mon souffle.

Où Violette trouve-t-elle une énergie pareille ? Cramoisie, en nage, la frange collée sur le front par la sueur, elle travaille comme un véritable terrassier. Devant elle, le trou s'agrandit.

Soudain, elle lâche l'outil, tombe à genoux, et farfouille des deux mains dans la terre.

Une idée insensée m'assaille brusquement : ma petite sœur est en train de déterrer un cadavre ! C'est comme si j'avais reçu un coup de poing dans l'estomac.

Insensiblement, un crépuscule bleuâtre a remplacé les lueurs dorées du couchant. Dans les arbres, les oiseaux se sont tus. Un silence de mort règne à présent sur la clairière.

Dans ce silence de mort, la voix de Violette s'élève tout à coup.

« Marguerite ! » s'écrie-t-elle, en saisissant quelque chose au fond du trou.

Aïe, aïe, aïe, mes pires soupçons se confirment !

Dans un dernier effort, elle arrache sa trouvaille à la boue.

Ce qu'elle extirpe du trou est couvert de terre, et a la forme d'une petite fille. Une toute, toute petite fille. De cinquante centimètres environ.

« Je l'ai ! Je l'ai ! » clame-t-elle en exhibant ce qui n'est autre... qu'une poupée. Enfin... ce qu'il en reste. Un débris de poupée, chauve, sans yeux, et avec une jambe en moins.

Sa découverte dans les bras, Violette se met à danser dans la nuit tombante.

« J'ai retrouvé Marguerite ! » chante-t-elle sur tous les tons.

Un frisson me parcourt de la tête aux pieds. Je n'ai pas reconnu sa voix.

9

Une rouquine surnommée Dico

« Qu'est-ce que c'est que cette horreur ? »

L'exclamation, venant de la chambre de Violette, me tire de la salle de bains, ma brosse à dents en main. Illico, je me précipite aux nouvelles.

Debout devant le lit de ma sœur, maman désigne d'un doigt dégoûté ce qui est posé sur l'oreiller.

« C'est Marguerite, dit Violette, en la serrant contre son cœur.

— Où as-tu trouvé ça ?

— Dans le jardin... Elle est belle, non ?

— Belle ? »

Maman éclate de rire.

« Moi, je la trouve bonne pour la poubelle. Mais si elle te plaît, c'est l'essentiel ! Allons, lève-toi vite, maintenant : tu vas être en retard à l'école. »

Puis elle descend dans la cuisine préparer le petit déjeuner, nous laissant en tête à tête, ma sœur et moi.

La nuit n'a pas dissipé mon angoisse d'hier soir. Pourtant, j'ai bien dormi : depuis dimanche, le tapotement a cessé. Par contre, j'ai fait un cauchemar. Un cauchemar dont Violette était l'héroïne.

En général, au réveil, on ne se souvient plus de ses rêves. La lumière du jour les efface. Mais là, chose curieuse, chaque détail est resté gravé dans ma mémoire avec une étonnante précision.

Je bouquinais tranquillement au salon quand, soudain, des cris affreux jaillissaient de la chambre rose. C'était la voix de ma sœur. La croyant en danger, je montais les escaliers quatre à quatre pour lui porter secours. Mais contrairement à ce que je supposais, personne ne lui faisait de mal. Elle était toute seule et hurlait, en se tordant sur le tapis comme un ver de terre coupé en deux. J'avais beau lui demander ce qu'elle avait, si elle était blessée, malade, elle ne me répondait pas. Et je restais en face d'elle, affolé, à essayer de comprendre ce qui se passait...

Brusquement, elle se figeait en gémissant « ma-ma ». C'est alors que je réalisais l'abominable vérité : Violette était en train de se changer en poupée. Une poupée ancienne, aussi grande qu'un mannequin, avec une robe à volants et une couronne de fleurs dans ses boucles blondes. Horrifié, je la serrais contre moi en pleurant. Je l'appelais « Violette ! Violette ! », je la secouais, dans l'espoir insensé qu'elle redevienne elle-même. Mais sa peau était froide, ses yeux d'une fixité affreuse, son corps raide et sans mouvements...

Et moi, je l'embrassais, je l'embrassais, en la suppliant de ne pas m'abandonner...

Réchauffée par mon étreinte, elle reprenait tout doucement vie. Et même, elle me souriait. J'étais fou de joie. Son sourire grandissait, grandissait, découvrait peu à peu ses dents. Des dents tranchantes comme des lames de rasoir...

C'est à l'instant où ses dents se refermaient sur ma gorge que je me suis réveillé...

Subitement, j'ai l'impression que le cauchemar continue. Car, comme hier soir, comme cette nuit, ma sœur me semble différente. Étrangère. Elle me fait l'effet d'être une autre personne.

Je deviens dingue ou quoi ?

« Tu veux ma photo ? » grince Violette, en retroussant ses lèvres à la manière d'un rat.

Son agressivité dissipe mon angoisse. D'un coup, la moutarde me monte au nez.

« Mais tu m'emmerdes, à la fin, à être sans arrêt de mauvais poil ! Je regarde Marguerite, c'est tout... Tu l'as lavée ? »

Les yeux de Violette rétrécissent jusqu'à n'être plus que deux fentes vénéneuses.

« Comment tu sais qu'elle était sale ? Tu m'espionnes ?

— Ben... Je... Tu l'as trouvée dans le jardin, non ? C'est bien ce que tu viens de dire à maman ! »

Ma sœur se plante en face de moi, dans une attitude menaçante.

« Écoute-moi bien, Cyril, sinon tu pourrais le regretter. Si jamais tu recommences à me surveiller, à me donner un ordre ou à m'empêcher de faire ce que je veux, ça risque de tourner mal pour toi. Très, très mal... »

Avec une sorte de ricanement de défi, elle répète plusieurs fois :

« Très mal... Très, très, très mal... »

Ma patience a des limites, et cette chipie les a largement dépassées. L'empoignant par le devant de son T-shirt comme dans les séries policières, j'articule, en détachant chaque syllabe :

« Écoute-moi bien, espèce d'avorton, le jour où tu me feras peur, les poules auront des dents. J'en ai ras le bol de te voir jouer les super-women. Alors tu baisses d'un ton ou je t'en colle une, compris ?

— Lâche-moi, pauvre nouille ! crache Violette en se dégageant. Et ne remets jamais tes sales pattes sur moi, sinon... »

Sa voix bizarrement rauque me fait courir un frisson le long de la colonne vertébrale. Sans plus s'occuper de moi, Violette attrape son cartable et descend.

Sinon... quoi ? La menace, restée en suspens, résonne encore à mes oreilles, comme un écho.

Lentement, je retourne à mes ablutions.

« Oh, zut ! »

En pressant le tube de dentifrice, j'en ai fichu partout. Ce n'est pas ma faute, ma main tremble...

*
* *

« Je peux m'asseoir à côté de toi ? »

Surpris, je lève la tête. Debout dans l'allée qui sépare les bancs, une grande rouquine me sourit.

« Euh !... Oui, si tu veux...

— Moi, c'est Maud, mais tout le monde m'appelle Dico ; et toi ?

— Cyril... Pourquoi on t'appelle Dico ?

— Ben, à cause du Larousse, tiens ! »

Je dois avoir l'air éberlué, car elle reprend, avec un peu d'agacement :

« T'es pas un rapide, toi, dis donc ! Tu comprends vite, mais il faut t'expliquer longtemps ! Larousse, c'est une marque de dictionnaire. Et comme je suis rousse... Tu piges ? »

Bon, ça y est, cette fois, j'ai compris !

« Quel surnom marrant !

— Si ça t'amuse, tant mieux ! Les blagues idiotes, il vaut mieux en rire qu'en pleurer ! »

Mme Leroy, la prof d'histoire-géo, arrive au même instant.

« Un peu de silence, les enfants ! réclame-t-elle, en frappant dans ses mains. Aujourd'hui, nous allons parler d'un tragique épisode de notre histoire : le massacre de la Saint-Barthélemy... »

Elle se tourne vers le tableau et inscrit en lettres capitales :

PARIS – NUIT DU 23 AU 24 AOÛT 1572.

Ma voisine en profite pour me glisser à l'oreille :

« T'es sûr que je ne te dérange pas ? »

Je n'ai pas le temps de répondre : Mme Leroy se retourne et la fusille du regard.

« J'ai dit SILENCE ! » rugit-elle.

Quand on ne peut pas communiquer par la parole, il reste l'écriture. Tous les muets vous le diront.

J'arrache précautionneusement une feuille à mon cahier de textes, sur laquelle je marque : *Au contraire, je commençais à me sentir un peu seul !* Puis je la plie et je la passe à la rouquine.

« ... Au cours de cette nuit tragique, plus de trois mille protestants trouvèrent la mort... », poursuit Mme Leroy.

La réponse de Dico ne se fait pas attendre : *Je te demande ça parce que, en général, personne ne veut s'installer près de moi. Ils prétendent que les rousses, ça pue. Est-ce que tu trouves que je pue ?*

Décidément, mon opinion ne change pas : les élèves de cette classe sont une bande d'abrutis ! Je fais un « non » énergique de la tête, que Dico accueille d'un radieux sourire. Je sens qu'on va vite devenir amis, tous les deux !

Je l'observe du coin de l'œil. Des cheveux presque rouges coupés « à la garçonne », des cils et des sourcils de la même couleur, une peau laiteuse couverte de petites taches de son... Moi, je la trouve à mon goût, cette rouquine ! D'autant qu'elle respire la bonne humeur et la joie de vivre. Ça me change de ma ronchon de sœur !

Le cours de Mme Leroy se poursuit, monotone :

« ... Le roi de Navarre, le futur Henri IV, qui venait d'épouser Marguerite de Valois, ne dut son salut qu'à l'abjuration solennelle de sa foi... »

Vivement la récré, qu'on fasse un peu mieux connaissance !

10

L'autre visage dans le miroir

« Alors, comme ça, tu habites dans la maison abandonnée ! » s'exclame Dico.

On s'est assis, elle et moi, entre les racines du grand châtaignier qui domine la cour. Autour de nous, le sol est jonché de feuilles mortes que recouvrent, à chaque coup de vent, celles tombant des branches en pluie couleur de rouille.

Dico aussi a de l'automne dans les cheveux. Si ça se trouve, en hiver, elle sera chauve !

Je le lui dis, et elle éclate de rire.

« C'est bien la première fois qu'on me

compare à un arbre ! On m'a déjà traitée de renarde, de Poil-de-carotte, de tomato-ketchup, mais jamais d'arbre ! »

Puis, redevenant sérieuse :

« Alors, c'est comment, là-bas ?

— Où ça ?

— Ben, dans la maison abandonnée !

— Elle n'est plus abandonnée puisqu'on y vit, avec ma famille ! »

En quelques mots, je lui raconte notre héritage, le déménagement, le parc, la statue... En omettant toutefois de faire allusion à la chambre rose et aux étranges métamorphoses de ma sœur. Pour cela, j'attends que nous nous connaissions mieux.

« Tu sais qu'on raconte plein de choses, ici, sur la *Villa Rose Thé*, explique la rouquine. C'est pour ça que les copains te regardent de travers. Personne n'a jamais osé y entrer. On dit qu'elle est hantée... Je crois qu'il s'est passé une drôle d'histoire, là-bas, dans le temps. Un crime, ou quelque chose de ce genre... »

Une douleur sournoise me vrille l'estomac.

« Un crime ?

— Oui, ou bien un accident, je ne me souviens pas exactement. Un drame, en tout cas. Quelqu'un est mort. Ma grand-mère a connu les propriétaires, elle se rappelle peut-être de cette histoire. Si tu veux, je lui demanderai. »

*
* *

Ce soir, je suis de meilleure humeur qu'hier, parce que, maintenant, j'ai une copine. Par contre, ce que j'ai appris sur la *Villa Rose Thé* n'est pas fait pour me rassurer. Plus ça va, plus je pense qu'il faudrait que je prévienne mes parents...

À peine rentrée de l'école, Violette est montée comme une flèche dans la chambre rose. Au moins, de ce côté-là, je n'ai aucun souci à me faire. Rien ne peut lui arriver... à part rencontrer un fantôme, évidemment !

Un fantôme... Et pourquoi pas un vampire, tant que j'y suis ? Ou un spectre ? Ou un mort vivant ?

Un fantôme... N'importe quoi !

Pourtant, ça expliquerait bien des choses. Les petits tapotements, entre autres. Et même...

Une bouffée d'angoisse me serre la gorge.

... Et même l'invraisemblable comportement de ma sœur ! Comment a-t-elle pu découvrir une vieille poupée enterrée au fond du jardin si personne ne lui en a indiqué l'emplacement ?

Et si ce qu'on raconte dans le village était vrai ? Si la chambre rose était vraiment hantée et que ma sœur communique avec les esprits...

La bouffée d'angoisse augmente.

Il faut que je parle à mes parents. Mais me croiront-ils ?

Il vaudrait peut-être mieux que j'essaie d'abord de discuter avec Violette. Elle ne va quand même pas me faire la gueule jusqu'à la fin des temps. Après tout, je l'ai juste traitée d'avorton, ce n'est pas si terrible comme insulte. Et, à mon avis, elle doit avoir sa petite idée sur ce qui se passe. Je suis sûr qu'elle sait des choses que j'ignore.

... Bon sang ! La voilà, la raison de son hostilité ! « On » lui a demandé le secret, et elle a tellement peur que je l'oblige à trahir ce secret, qu'elle me repousse...

Oui, c'est certainement ça ! Même si nous nous disputons souvent, nous avons toujours tout partagé. Pourquoi notre complicité aurait-elle disparu d'un seul coup ?

Parce qu'elle a juré à quelqu'un de se taire !

Mais à qui ?

À un... fantôme... ?!?

Je délire complètement, moi ! À force de réfléchir, j'ai le cerveau qui se ramollit ! Ce sont les boniments de Dico qui me montent à la tête !

N'empêche qu'il y a un mystère autour de ma sœur. Depuis deux jours, elle n'est plus du tout comme d'habitude !

Le plus simple, n'est-ce pas d'aller tout bêtement lui poser la question ?

*

* *

« Violette ! »

Je pousse la porte de la chambre rose.

« Mais... »

De saisissement, je sens me jambes mollir, et d'insupportables picotements envahissent mes orteils avant de remonter dans mes chevilles et mes mollets.

Une scène irréelle s'offre à moi. Parmi les coussins d'un fauteuil d'osier, une petite fille d'un autre âge est assise. Je ne vois pas bien son visage, mais le halo de la lampe éclaire ses longues boucles blondes, sa robe de dentelle et ses pieds chaussés de bottines à boutons. Elle semble faire la classe aux poupées alignées devant elle.

« Joseph, combien font deux et deux ? » demande-t-elle à un poupon en costume marin.

Comme le poupon ne répond pas, elle le désigne d'un doigt accusateur.

« Vous ne connaissez pas votre leçon, vilain enfant ? Très bien, vous serez fouetté ! »

Il y a tant de méchanceté dans sa voix que je ne peux m'empêcher de frémir. C'est l'instant qu'elle choisit pour se tourner vers moi.

« Qu'est-ce que tu me veux, Cyril ? »

J'en reste pétrifié !

« Violette, ça alors ! Je ne t'avais pas reconnue avec tes couettes défaites ! Où... où as-tu trouvé ces habits ?

— Dans l'armoire, tiens, cette question ! On n'a pas idée d'être aussi bête !

— Pourquoi tu m'agresses ? Je ne t'ai rien fait ! »

Comme une furie, ma petite sœur saute sur ses pieds et me fait face. La rage déforme ses traits, ses yeux lancent des éclairs.

« Tu ne m'as rien fait ? fulmine-t-elle. Ça, c'est la meilleure !

— Mais enfin, tu deviens folle ou quoi ? Qu'est-ce que t'as encore contre moi ! »

Violette est vraiment hideuse, avec sa grimace de rat. On dirait qu'elle s'apprête à mordre. Je n'avais jamais remarqué que ses dents étaient aussi pointues !

« Tu es mon grand frère, voilà ce que j'ai contre toi ! Et je déteste les grands frères ! »

Avec un rugissement, elle me fonce dessus. Et – j'ai honte de l'avouer ! – je prends la poudre d'escampette. Bien que je sois dix fois plus fort qu'elle, tomber entre les mains de cette inquiétante fillette – cette fillette qui, j'en jurerais, n'est pas tout à fait ma sœur – m'épouvante. Je n'ose imaginer de quoi elle est capable !

Une effroyable haine émane d'elle. Effroyable et inexplicable. Une haine inhumaine.

Sans hésiter, elle se lance à ma poursuite.

L'un derrière l'autre, nous dégringolons l'escalier jusqu'au rez-de-chaussée, puis nous pénétrons, hors d'haleine, dans le salon.

En passant devant le miroir, je pousse un hurlement. Car, dans le reflet de mercure, la petite fille qui me suit n'est pas Violette. Ses traits sont différents.

Elle a le visage d'Emma.

L'émotion m'ayant fait ralentir, le petit démon se jette sur moi, toutes griffes dehors. Je pousse un cri strident.

Au même instant, un ronronnement de moteur résonne dans l'allée, puis un bruit de clé dans la serrure.

Aussitôt, mon ennemie me lâche, tapote sa jupe, remet de l'ordre dans ses cheveux, essuie son front en sueur.

« Bonsoir, mes chéris ! claironne maman en ouvrant la porte.

— B'soir, m'man ! » répond Violette de sa voix habituelle.

J'en reste abasourdi. Elle est subitement redevenue elle-même. Ou alors... elle fait semblant !

La peur me tord les boyaux. Je dois me retenir pour ne pas crier. Mais ça servirait à quoi ? Nos parents ne comprendraient pas. Si je leur disais ce que j'éprouve envers ma petite sœur, ils me prendraient pour un fou furieux !

Ce que je suis peut-être, après tout...

« Qu'est-ce que c'est que cette tenue, ma puce ? » s'exclame maman.

Violette tourne coquettement sur elle-même : ce qui a pour effet de soulever sa jupe comme une corolle de fleur.

« Je me suis déguisée pour jouer avec Cyril. »

Maman baisse les yeux, me découvre par terre. J'ai les jambes si flageolantes que je n'arrive pas à me mettre debout.

« Qu'est-ce que tu fais là, toi ? s'étonne-t-elle.

— Il était le cheval et moi sa cavalière, s'empresse de mentir Violette.

— Drôle d'amusement pour un adolescent ! ronchonne papa, en entrant à son tour. Honnêtement, tu trouves que c'est de ton âge, Cyril ? »

11

Les parents ne comprennent rien à rien !

« Cyril, viens ici, dit maman.

— Où ça ?

— Dans le cellier. »

Le cellier est une toute petite pièce sans ouverture, à côté de la cuisine. Paraît qu'il y en a dans toutes les vieilles baraques, pour garder les provisions au frais. Cela date de l'époque où les frigos n'existaient pas encore. Nous, on y a rangé le congélateur et le lave-vaisselle.

« J'arrive ! »

Je ne me suis pas encore remis de mes émotions. Le repas vient de se terminer, mais je n'ai quasiment rien mangé. Pourtant il y avait du chou-fleur au gratin, et j'en raffole.

Mon ventre me fait penser à un bloc de béton.

Tandis que je filais un coup de main pour débarrasser la table, Violette s'est éclipsée. Je suppose qu'elle est retournée là-haut.

« Demain, vous allez rester seuls toute la journée, annonce maman en ouvrant le congélo. Je vous ai préparé deux barquettes de poulet à réchauffer au micro-ondes, avec de la purée et des yaourts. »

Je ne réponds pas. Horrifié par la perspective de me retrouver en tête à tête avec ce qu'est devenue ma sœur, je proteste d'une voix faible :

« Euh !... non... je... »

Maman lève un sourcil perplexe.

« Tu as un problème, mon grand ? »

Vais-je me jeter à l'eau, au risque qu'on me croie bon pour l'asile ? Je n'ai pas vraiment le choix...

Je bafouille :

« Ben ouais... un très gros, même... »

Maman ouvre de grands yeux.

« Ah ! Qu'est-ce qui se passe ? »

J'avale ma salive pour me donner du courage. Elle fait « gloups » en passant derrière ma pomme d'Adam.

« Euh !... ma sœur... a quelque chose qui ne tourne pas rond...

— Elle est malade ? sursaute maman. Pourquoi ne m'a-t-elle rien dit ?

— Non, ce n'est pas ce que tu crois. Elle se porte très bien, au contraire... mais elle me fiche la trouille...

— La trouille ? Sois plus clair, Cyril. Qu'essaies-tu de me dire ? »

C'est encore plus difficile que je ne le redoutais. Comment faire comprendre à maman ce que je ne saisis pas moi-même ? Avec quels mots expliquer l'inexplicable ?

« Elle est devenue... euh... monstrueuse ! »

Le ton que j'ai employé aurait donné l'alerte à n'importe qui. À n'importe qui, mais pas à ma mère. Elle me regarde comme si j'avais une crasse sur le nez.

« Qu'as-tu encore été inventer ? s'exclame-t-elle, en levant les bras au ciel. Monstrueuse, Violette ? J'aurai tout entendu !

— Je t'assure, m'man, elle a beaucoup changé ! Ce n'est plus la même fille qu'avant.

Si ça se trouve, un jour, elle risque même de... de me tuer ! »

Maman reste carrément bouche bée. Puis, d'un seul coup, elle se met à rire.

« Antoine, viens écouter ça ! crie-t-elle à papa.

— Qu'est-ce qui se passe ?

— Ton fils a peur de sa petite sœur ! »

L'air ahuri de papa vaut le détour !

Maintenant que j'ai commencé à parler, il faut que j'aille jusqu'au bout. Et ce n'est pas de la tarte, avec des parents aussi incrédules !

Il va falloir que je déploie des trésors de conviction !

« Tu dois me croire, p'pa, elle est vraiment dangereuse ! Tout à l'heure, elle a failli me...

— Te quoi ? »

J'ai une seconde d'hésitation. Oui, me quoi, au fait ? À vrai dire, je n'en sais trop rien, mais quelque chose d'abominable !

Tant pis, je me jette à l'eau :

« Me... me crever les yeux ! »

C'est tout ce que j'ai trouvé pour exprimer les griffes de Violette, sa grimace de rat, sa haine sifflante. Mais j'aurais aussi bien pu dire « me déchirer avec ses dents » ou « me lacérer avec ses ongles ».

Un double éclat de rire me répond.

« Nous nageons en plein mélodrame, ma parole ! » s'esclaffe papa.

Il se tourne vers moi.

« Pourquoi ta sœur t'en voudrait-elle à ce point ?

— Elle me déteste, c'est elle-même qui me l'a dit !

— Et que lui as-tu fait pour qu'elle te déteste ? s'enquiert maman, soupçonneuse.

— Rien du tout, justement !

— Allons, réfléchis ! intervient papa. Personne ne déteste quelqu'un sans raison ! Tu as dû mal te comporter vis-à-vis d'elle, et elle se défend comme elle peut, la pauvrette ! Quitte à sortir des sottises du genre "je vais te tuer" ou "je vais te crever les yeux" ! »

Mais pourquoi, nom d'un chien, ai-je des parents aussi bornés ? Pris de court, je crie à pleins poumons :

« Je vous répète que je ne lui ai rien fait ! Elle ne me supporte plus, un point c'est tout ! C'est à cause de... »

L'aveu s'arrête au bord de mes lèvres. Vais-je trahir le secret de ma sœur, la seule complicité qui nous lie encore ?

Je n'ai pas le choix. D'autant que – j'en mettrais

ma main à couper – ce secret est responsable de tout.

« ... C'est à cause de la chambre rose ! »

Papa et maman se consultent du regard.

« Quelle chambre rose ?

— Celle qu'on a trouvée, tout en haut de la maison. Venez, je vais vous montrer. »

*
* *

« Incroyable ! dit papa, ébloui. Une pièce restée intacte depuis près d'un siècle... Il y avait un tel trésor chez nous, et on n'en savait rien...

— Pourquoi ne pas nous l'avoir montrée plus tôt, vilains cachotiers ? » s'étonne maman.

Violette a un petit sourire hypocrite.

« On ne pensait pas que ça vous intéresserait... Après tout, ce n'est qu'une chambre d'enfant !

— Tu voulais la garder pour toi toute seule, ma puce ? » devine papa.

Le sourire de Violette s'accentue.

« Ben oui... Les poupées et les jolies robes, ça ne concerne que les petites filles, pas les parents ! »

Désarmé, papa s'assied au bord du lit et la prend sur ses genoux.

« Sais-tu que le moindre de ces jouets vaut une fortune ? Ce sont de véritables antiquités, des pièces de musée... (À maman :) En en revendant quelques-uns, nous pourrions payer tous les travaux ! Et même faire réparer la toiture ! »

Un sursaut d'indignation raidit ma sœur.

« Ah non ! Vous n'avez pas le droit de me les prendre, c'est à moi !

— Il vaudrait mieux que tu n'y touches plus, intervient maman. Si jamais tu les cassais...

— Je te propose un échange, Violette, suggère papa. Pour chacune de ces poupées, je t'offre une Barbie. Nous irons les choisir ensemble au supermarché, samedi prochain. »

Violette renifle un grand coup. Elle a l'air tellement malheureuse que, même moi, je suis sur le point de me laisser attendrir.

« Je pourrai quand même garder Marguerite ? » implore-t-elle d'une toute petite voix.

Papa jette un coup d'œil apitoyé à la pauvre éclopée sans cheveux et sans yeux.

« Bien sûr, ma chérie ! Celle-là, on te la laisse !

— Dis-moi, Cyril, s'exclame soudain maman, si j'ai bien compris, c'est cette chambre la raison de votre discorde, non ?

— Euh !... oui... enfin...

— Vous la voulez tous les deux, n'est-ce pas ?

— Pas exactement, mais... »

Un coup de coude dans les côtes m'interrompt, et Violette répond à ma place :

« Oui, m'man !

— Eh bien, j'ai un moyen de mettre tout le monde d'accord. À partir de maintenant, plus personne n'a le droit d'y entrer. On ne joue pas dans un musée ! Tout ce qui se trouve ici est bien trop précieux pour que nous vous autorisions à l'abîmer ! »

Elle nous entraîne vers l'escalier, tandis que papa referme l'étrange pièce surgie du passé. Malgré moi, j'ai le cœur serré quand il remet le placard en place et confisque les rondelles. C'est comme si, brusquement, la chambre rose avait cessé d'exister. Comme si son geste avait replongé le nid de poupées, avec ses coussins, ses dentelles, ses murs à bouquets, ses lampes en jupon, dans l'obscurité de l'oubli...

« Curieux, quand même, cette fenêtre

murée... », l'entend-on marmonner lorsqu'il nous rejoint au salon.

*
* *

« Bien, dit maman, je pense que tout est arrangé à présent. Cyril et Violette, j'espère que vous vous comporterez, dorénavant, comme des personnes responsables. Il faut que je puisse avoir confiance en vous. Comment voulez-vous que je fasse tranquillement mon travail si je ne suis pas sûre que tout se passe bien, en mon absence ? »

Elle se penche vers ma sœur.

« Toi, ma chérie, tu vas me promettre d'écouter gentiment ton grand frère, et de ne pas te rebiffer chaque fois qu'il te dit quelque chose... »

Violette a une moue angélique.

« Oui, m'man !

— Et toi, Cyril, n'en abuse pas ! Il n'est pas question que tu fasses marcher ta petite sœur à la baguette, mais que tu la surveilles avec douceur et patience. Je sais que tu en es capable ! »

Je baisse la tête.

« Euh !... oui, m'man...

— Parfait ! Maintenant, embrassez-vous, et qu'il ne soit plus question de rivalité entre vous ! »

Violette s'avance vers moi, le sourire aux lèvres. L'espace d'un instant, un espoir fou m'envahit : que la disparition de la chambre rose ait guéri ma sœur.

Elle se hausse sur la pointe des pieds, passe les bras autour de mon cou, pose sa bouche sur ma joue. Et, entre deux baisers, me chuchote à l'oreille :

« Tu vas me le payer cher, sale cafteur ! »

Puis elle s'éloigne en sautillant, toujours souriante.

« Alors, grand dadais, te voilà rassuré ? gazouille maman. Tu vois bien que ta petite sœur n'est pas un monstre ! »

12

Au secours, ma sœur me veut du mal !

Dans l'obscurité de ma chambre, les chiffres lumineux du réveil à quartz indiquent minuit. Incapable de trouver le sommeil, je me tourne et je me retourne dans mon lit. Les événements de la journée m'obsèdent, une ribambelle de questions me martèlent les tempes. Des « pourquoi » et des « comment » auxquels je suis incapable de trouver une réponse.

Qu'est-il arrivé à Violette ? Pourquoi est-elle devenue aussi méchante ? Comment convaincre papa et maman qu'elle a changé ? Pourquoi la chambre rose n'a-t-elle pas de fenêtre, et pourquoi l'a-t-on condamnée ? Qui vivait dedans, avant ? La petite Emma ? D'où venait le tapotement à l'intérieur, et pourquoi s'est-il arrêté quand nous avons ouvert la porte ? Qu'est-ce que tout cela a à voir avec ma sœur ?

Les questions s'emberlificotent comme un grouillement de vers.

L'une d'elles, surtout, me terrifie : qu'est-ce qui va se passer demain ? J'ai encore en mémoire la menace de Violette, susurrée d'une voix à vous donner le frisson : *Tu vas me le payer cher, sale cafteur !*

Demain...

Rien que d'y penser, je grince des dents !

Demain, je serai à sa merci !

Et nos parents qui ne voient rien, qui ne comprennent rien, qui sont persuadés que tout est ma faute...

Qu'est-ce que je vais faire ? Mais qu'est-ce que je vais faire ?

Et si je fuguais ? Si je sortais de la villa sur la pointe des pieds, et que je file en douce par le jardin, pour aller me réfugier... chez Dico, par exemple ?

Pas bête, ça... Seulement, je ne sais même pas où elle habite !

Tant pis, je pars quand même. S'il le faut, je

dormirai à la belle étoile. L'essentiel est que je ne sois plus là demain matin. Mes parents se débrouilleront comme ils voudront avec Violette, mais qu'ils ne comptent plus sur moi !

Le plus doucement possible, je me lève et je m'habille. Lorsque soudain :

« Toc, toc, toc... »

Je manque de hurler. Le tapotement a repris. Papa a refermé la chambre rose, et le tapotement a repris !

« Toc, toc, toc... »

Mais... mais... ce n'est pas d'en haut que vient le bruit : c'est d'ici, à côté de moi !

Quelqu'un est en train de toquer à ma porte !

Sans attendre ma réponse, elle s'ouvre lentement. Et Violette apparaît dans l'encadrement, vêtue d'une longue chemise de nuit, frêle silhouette noire sur le fond lumineux du couloir.

Ses cheveux dénoués lui donnent un petit air d'Emma tout à fait inquiétant. Et elle a toujours son curieux sourire. Le sourire de quelqu'un qui s'apprête à mordre.

« Alors, frérot, tu veux nous fausser compagnie ? » demande-t-elle d'une voix qui n'est pas la sienne.

Quelque chose luit dans sa main. D'un coup, je me sens glacé de la tête aux pieds.

« C'est mon joujou qui te fait peur, Cyril ? Il est joli, non ? Il brille... C'est un beau grand couteau de cuisine. Celui qui sert à découper le rôti. Et tout à l'heure, il sera rouge, tout rouge. Comme quand on découpe le rôti... »

Son sourire prend d'effroyables proportions. À présent, un rictus féroce lui fend le visage, découvrant ses dents. Des dents blanches, presque lumineuses, tranchantes comme des rasoirs.

Des dents de poupée tueuse...

Elle s'avance, tendant sa lame dans ma direction. Muet d'épouvante, je recule.

« Tu fais moins le malin, maintenant, hein ? » ricane-t-elle.

Je continue à reculer, jusqu'à ce que je rencontre le mur auquel je m'adosse.

Pas à pas, elle se dirige vers moi. Ce n'est plus une petite fille, c'est une machine à assassiner. Une machine impitoyable.

À présent, la pointe du couteau n'est plus qu'à quelques centimètres de mon ventre.

« Rouge... Rouge... », souffle Violette avec délectation.

La sueur m'inonde. Je suis si oppressé que

je halète malgré moi. Comment échapper à ce monstre ?

Un sursaut de révolte me saisit. Ce monstre est ma petite sœur.

Non, c'est impossible... impossible...

« Violette, écoute-moi... Je suis ton frère, on s'aimait bien, avant. Rappelle-toi, je t'ai défendue contre la bande à Manu, et ils m'ont dérouillé à ta place. Même que j'ai eu un coquard pendant au moins huit jours... »

Des yeux, je cherche un objet, une arme, n'importe quoi pour me défendre. Mon regard tombe sur la console de jeux. Dans un sursaut désespéré, je m'en empare et la lui jette à la figure. Avec un grondement de rage, elle l'esquive de justesse.

Profitant de ce léger avantage, je file à l'autre bout de la pièce. Au passage, j'attrape mes livres de classe en guise de munitions.

« Si tu fais encore un pas, je t'envoie mon dictionnaire sur le nez ! »

Sentant que je n'hésiterai pas à mettre ma menace à exécution, ma sœur reste un court instant indécise. Puis, à son tour, recule.

Je l'observe, sur la défensive. Que fait-elle ? Elle abandonne la partie ? Je n'ose y croire...

Quand je comprends le but de la manœuvre, il est trop tard.

« Rambo ! »

Eh oui, Rambo ! Violette s'est glissée jusqu'à la cage, y a plongé la main et en a extirpé mon hamster. Maintenant, elle le tient par la peau du cou.

« Je vais commencer par lui, annonce-t-elle. Comme ça, tu verras ce qui t'attend ! »

Le malheureux animal gigote tant qu'il peut, en poussant des couinements déchirants. Je crispe les poings.

« Laisse-le ! Tu lui fais mal ! »

Le rire de ma petite sœur résonne dans le silence.

« Et ce n'est qu'un début ! Il aura encore bien plus mal dans un instant ! »

C'est de lui, maintenant, qu'elle approche le couteau.

« Tu as déjà vu un hamster découpé en rondelles, frérot ?

— NOOOON ! »

*

* *

C'est mon propre hurlement qui me

réveille. Dehors, il fait grand jour. Par la fenêtre de ma chambre, la lumière entre à flots. Les chiffres lumineux de mon réveil à quartz indiquent huit heures et demie. Sur les graviers de l'allée, j'entends s'éloigner la voiture de mes parents.

Ouf, ce n'était qu'un cauchemar...

Un cauchemar ? Pas si sûr ! Maintenant que je suis seul avec mon effroyable sœur, dans cette maison isolée, pleine de sortilèges et de malédictions, le cauchemar continue !

« Toc, toc, toc... »

Transi, je fixe la porte. Lentement, elle pivote.

13

L'infernale poursuite

La frêle silhouette de Violette se dessine dans l'encadrement. Elle porte sa longue chemise de nuit et tient sa poupée aveugle dans ses bras. Ses cheveux dénoués flottent sur ses épaules, un sourire crispé fend son visage. Entre ses lèvres, on voit briller ses dents. Des dents tranchantes comme des rasoirs...

« Bonjour, Benjamin ! » dit-elle, d'une voix qui n'est pas la sienne.

Une panique sans nom me submerge. Je jaillis de mon lit, fonce vers la porte ouverte, bouscule ma sœur et sors de la pièce.

« Attends, j'ai quelque chose à te dire ! » crie la petite fille en me prenant en chasse.

Encore une de ses ruses de démon ! Si elle croit que je vais me laisser attraper, elle se fourre le doigt dans l'œil !

À une allure record, j'emprunte le couloir. Il me paraît interminable. Comme dans les rêves, j'ai l'impression de courir sur place.

Seul un vitrail de couleur éclaire le palier, plongé dans une demi-pénombre de cathédrale. Maman l'adore, ce vitrail. Elle trouve qu'il donne une ambiance 1900. Je n'avais jamais remarqué qu'il était aussi rouge...

Une lumière couleur de sang inonde l'escalier. Je le dégringole ventre à terre.

Mes oreilles bourdonnent, mon cœur cogne dans ma poitrine, mais je ne ralentirais ma course pour rien au monde. Derrière moi, les petits pas de Violette font craquer les marches. De terrifiants petits pas. Les petits pas de la mort...

Arrivé en bas, je bifurque vers l'entrée. Je ne commettrai pas la même erreur qu'hier, je ne me laisserai pas coincer dans le salon !

La peur me donne des ailes. Malgré sa longueur interminable, je traverse d'une traite le corridor du rez-de-chaussée. « Tap, tap... », font les petits pas de Violette sur le dallage. Des petits pas qui me suivent inexorablement.

J'accélère jusqu'à la limite de mes forces. Ce serait vraiment trop bête qu'elle me rattrape maintenant !

La porte, enfin. Mes paumes en sueur glissent sur la poignée. Je m'énerve. Tu vas t'ouvrir, saleté ?

Dans un grincement de gonds mal huilés, le battant consent à s'écarter. L'instant d'après, je suis dehors.

Le froid du matin me saisit. Mes pieds nus s'enfoncent dans l'herbe humide, un vent sournois s'insinue sous mon pyjama et m'ébouriffe les cheveux, mais je n'y prends pas garde. Une seule chose compte, une seule : échapper au monstre qui me traque. Au monstre qui veut ma peau !

Je n'ai jamais eu aussi peur de toute ma vie. Manu et sa bande faisaient figure d'enfants de chœur à côté de Violette. Même la fois où ils m'ont tabassé dans le parking, j'ai eu moins peur. Normal : eux, c'étaient juste des petits voyous de rien du tout. Tandis que ma sœur... ma sœur... elle n'est pas humaine !

Me voilà dans le bois. Bien qu'à bout de

souffle, je continue à courir, glissant sur les feuilles mortes, m'embourbant dans la terre mouillée. Les branches me griffent au passage, mes vêtements s'accrochent aux buissons. C'est comme si des milliers de serres tentaient de m'agripper pour me livrer à Violette. Comme si les arbres, les taillis, la mousse, la boue étaient complices du monstre qui me talonne. Comme si la nature tout entière se liguait contre moi pour me livrer à mon bourreau...

Un point de côté me scie les côtes, je n'en peux plus. L'air qui s'échappe en sifflant de ma gorge me fait affreusement souffrir. Mes pieds, mon visage, mes mains sont en sang...

Ai-je semé Violette ?

Non, derrière moi, j'entends craquer des brindilles.

Titubant de fatigue, je débouche dans la clairière. Et soudain...

« Ouch ! »

Pour un beau vol plané, c'est un beau vol plané ! Mon pied s'est pris dans un trou et je me suis étalé de tout mon long sur le sol. Quel choc !

À moitié assommé, je tente de me relever, mais une douleur fulgurante dans la cheville m'en empêche, et je retombe lourdement.

Catastrophe, une foulure ! Ah, c'est bien le moment...

Une voix de petite fille me parvient, toute proche :

« Où es-tu, Benjamin ? »

Affolé, je cherche une cachette. Le trou qui m'a fait tomber n'est autre que celui creusé par ma sœur, avant-hier soir, pour en extirper Marguerite. Le trou que j'avais pris pour une tombe...

Et si je me ratatinais à l'intérieur ?

En repliant mes genoux sous mon menton et en rentrant au maximum la tête dans les épaules, j'arrive tout juste à me loger dans l'étroite cavité. Puis je ramène des feuilles mortes sur moi, pour me dissimuler.

Il était temps !

« Benjamin ? » interroge de nouveau la petite voix rauque.

Les battements de mon cœur résonnent dans mes tempes. J'ai peur, atrocement peur. Mais je m'efforce de rester parfaitement immobile. Malgré les crampes, malgré le grelottement qui tétanise mes muscles.

J'ai même arrêté de respirer...

Des insectes microscopiques me courent partout. Au secours, une fourmi vient de s'introduire dans ma narine ! Si j'éternue, je suis perdu !

« Ça alors..., murmure la petite voix, j'aurais juré qu'il était ici... »

Mon nez me chatouille de plus en plus. Je sens les petites pattes de la fourmi qui...

« Aaaaaa... Aaaaaa... »

Non, il ne faut pas que j'éternue !

« Aaaaaa... Aaaaaa... »

Non, par pitié...

Mentalement, je supplie mon bourreau : « Va-t'en ! Va-t'en... Viiiiite ! »

« Aaaaaaa... »

Avec un soupir irrité, la petite fille fait demi-tour et disparaît à nouveau dans le bois.

« ... tchoum ! »

L'explosion nasale souffle la fourmi et, en même temps, les feuilles qui me protègent.

Un instant, je tremble que le monstre ne m'ait entendu et revienne sur ses pas. Mais le bois est de nouveau silencieux.

Tout engourdi, je sors du trou et m'ébroue. J'ai mal partout. Ma torture a duré presque un quart d'heure.

Alors surgit LA question. Celle qui me turlupine depuis le début de la poursuite, mais sur laquelle je n'ai pas eu le temps de m'attarder.

Pourquoi ma sœur m'a-t-elle appelé Benjamin ?

14

Une alliée inattendue

C'est en claudiquant que je quitte la clairière. Je peux à peine poser le pied par terre, chaque pas me fait grimacer de douleur. Les élancements de ma cheville me remontent jusque dans la cuisse.

Ah, si seulement maman était là... Elle m'installerait dans un fauteuil, me masserait avec une pommade à l'arnica, banderait ma jambe. Et en prime, j'aurais droit à quelques petites gâteries, du genre Malabar, roudoudous ou fraises Tagada.

Mais maman n'est pas là. Et la maison m'est interdite pour cause de monstre. Ce ne sont pas des fraises Tagada qui m'y attendent, mais plutôt un coup de couteau dans le ventre...

Je n'ai pas le choix, il faut que je m'en aille d'ici à tout prix. Que je fuie cette maison maudite. Je ne me sentirai en sécurité qu'une fois le portail franchi.

Plutôt que d'emprunter l'allée principale à découvert, je coupe à travers bois. La progression est bien plus lente et bien plus difficile, surtout à cloche-pied. Mais au moins, ma sœur ne risque pas de me repérer. Dans l'état où je suis, si la poursuite reprenait, elle n'aurait aucun mal à me rejoindre !

Mètre après mètre, j'avance, l'oreille dressée, l'œil aux aguets. Tout mon être est en éveil, épiant le moindre bruit, le plus petit craquement. Mais je n'entends rien, à part les chants d'oiseaux. Il semble que tout danger soit écarté...

Clopin-clopant, je parviens enfin au mur d'enceinte. En le longeant sur la droite, je dois obligatoirement trouver la grille d'entrée.

Le lierre qui court entre les vieilles pierres rampe également sur le sol, où il forme une sorte de treillis végétal. Pas facile d'avancer là-dedans, surtout pieds nus et avec une cheville en compote !

Enfin, à force d'efforts et en trébuchant à chaque pas, je finis par atteindre mon but. Maintenant, le plus difficile reste à faire : sortir de l'abri des taillis, ouvrir le portail, et m'éclipser.

Un coup d'œil à droite, un coup d'œil à gauche... La voie est libre.

En me faisant le plus petit possible, je me glisse le long des barreaux, saisis la poignée, la tourne... Avec un grincement, le portail s'ouvre.

C'est alors qu'une voix féminine s'élève dans le silence :

« Cyril ? Qu'est-ce qui t'est arrivé ? »

*

* *

Il paraît que, lorsqu'on est violemment surpris, notre organisme produit de l'adrénaline, provoquant une sorte de décharge électrique. J'ai vu ça dans une émission à la télé. Là, c'est carrément cent mille volts que je reçois. Je frôle le court-circuit !

Durant une fraction de seconde, mon cœur s'arrête de battre.

« Qu'as-tu ? reprend la voix. Tu es pâle

comme la mort... C'est moi qui t'ai fichu la frousse ? Excuse-moi, je ne l'ai pas fait exprès... »

La secousse a été trop rude. Tout tourne autour de moi. Pris d'un malaise, je pique du nez en avant.

Une grande fille rousse me retient à l'instant où je m'effondre.

« Ma parole... Tu tombes dans les pommes ou quoi ? »

Dans un souffle, je murmure :

« Dico... Oh, Dico !... Comme je suis content que tu sois là...

— Ah ça, on peut dire que je te fais de l'effet ! C'est bien la première fois qu'un garçon s'évanouit en me voyant ! »

La gouaille de la rouquine, sa chaleur, son humour me réconfortent à tel point que je retrouve bientôt mes esprits. Si j'osais, je l'embrasserais, cette grande bringue !

Mais mieux vaut remettre les remerciements à plus tard. Ce n'est pas le moment de s'attarder dans ce lieu malsain !

« Viens ! » dis-je, en l'entraînant dehors.

L'instant d'après, les jambes en coton, je me laisse choir sur le talus qui borde la route. Rongée de curiosité, Dico s'installe près de moi.

« Vas-tu m'expliquer, à la fin... », exige-t-elle.

Lui expliquer, je ne demande que ça. Mes mésaventures de ces derniers jours, c'est trop pour un seul homme ! Il faut que je les fasse partager à quelqu'un !

D'une traite, je lui raconte tout. Elle m'écoute sans m'interrompre, si ahurie que le bout de son nez taché de roux palpite, comme la truffe de Rambo devant sa mang...

« Bon sang, Rambo !

— Quoi, Rambo ? sursaute Dico.

— Mon hamster... Il est en danger ! Faut immédiatement courir à son secours ! Ma sœur va le tuer, l'égorger, le réduire en miettes, le...

— Du calme, voyons ! Ne te mets pas dans un état pareil ! Et d'un, tu arrives à peine à marcher ; et de deux, ton histoire me paraît vraiment trop invraisemblable : on dirait un film d'horreur. Et de trois, je me demande si...

— Si quoi ? »

La rouquine me lance un regard perçant.

« Tu n'aurais pas bu un petit coup de trop, par hasard ? »

Un petit coup de trop, à dix heures du matin ? Indigné, je riposte aigrement :

« Ça alors, c'est la meilleure ! Vas-y, traite-moi d'ivrogne tant que tu y es ! Et de menteur, aussi, pourquoi pas ? De toute façon, t'es pas obligée de me croire... »

Dico a un geste apaisant.

« Bon, bon, d'accord... N'empêche que, vu l'état de ta cheville, ça m'étonnerait que tu puisses *courir* au secours de ton hamster !

— Je ramperai sur les genoux, s'il le faut, je marcherai sur les mains, mais je ne laisserai pas Violette toucher à un poil de Rambo ! »

Dans le visage de la rouquine, la moue soupçonneuse a fait place à un grand sourire.

« Toi, tu me plais, mon pote ! s'écrie-t-elle, ponctuant sa réponse d'une grande tape dans le dos. Je marche dans la combine, même si tu es un peu fou ! Mais avant, moi aussi j'ai quelque chose à te dire... »

Elle me fixe droit dans les yeux.

« Tu ne t'es même pas demandé ce que je faisais devant chez toi, un mercredi matin ? »

À bien y réfléchir, c'est assez curieux. Mais j'étais trop affolé pour m'en rendre compte.

« Eh bien, je venais te montrer ça ! annonce-t-elle, en brandissant un album photos. Je l'ai trouvé chez ma grand-mère... »

15

La petite morte d'août 1913

« Regarde, ma mamy à l'école. Elle était trognon, non ? »

Tranquillement assise dans l'herbe, Dico commente les photos de son album, et en toute franchise, je trouve ça dingue. Il est dix heures du matin, je suis au bord de la route en pyjama, pieds nus, les mains et le visage en sang. Ma cheville a doublé de volume, mon hamster est en danger de mort, ma sœur me guette pour me zigouiller... Et tout ce que cette idiote de Dico trouve à faire, c'est me montrer ses photos de famille ! Non mais, je rêve ou quoi ?

« Tu reconnais cet endroit ? » demande la

rouquine, posant le doigt sur un cliché jauni.

Je jette un coup d'œil distrait, et je tressaille.

« Ça alors ! Mais... c'est chez moi ! »

Dans la chambre rose, deux petites filles de l'ancien temps posent parmi les poupées, en se tenant gentiment par la main.

« La blonde aux nattes, c'est ma grand-mère, dit Dico. Et l'autre... »

Elle s'arrête, interdite : j'ai plongé sur l'album, le nez à deux millimètres de la photo.

... L'autre, je la reconnais parfaitement : il s'agit d'Emma !

Sous la photo, une date : *mai 1912*.

D'une main fébrile, je tourne la page. Nouveau choc : au verso, Emma, en gros plan, me sourit. Mais ce n'est pas un portrait ordinaire, c'est un faire-part de décès. Il est daté d'août 1913.

« Qu'est-ce qui se passe, t'as vu un fantôme ? » s'écrie Dico, devant mon air horrifié.

Un fantôme, oui. Un spectre... Longs cheveux châtain clair, joues rondes, bouche ronde, grands yeux rieurs : Emma est bien telle que je l'ai entraperçue, hier, dans la glace du salon où se reflétait ma sœur. Sauf que son visage, au lieu d'être avenant et joyeux comme ici, grimaçait de haine...

J'avale péniblement ma salive. Il me semble que... Mais oui ! On dirait que les pièces du puzzle s'assemblent. Toutes les questions que je me posais cette nuit paraissent n'avoir qu'une seule réponse, un nom : Emma.

Les pensées se bousculent dans ma tête, mille théories s'échafaudent, plus invraisemblables les unes que les autres. Et toujours la même conclusion...

C'est impossible, impossible, je deviens dingue... Et pourtant...

« Cyril... Tu te sens bien ? » s'inquiète Dico en me secouant.

Je la regarde sans la voir. Mon esprit est là-bas, dans la *Villa Rose Thé*, près d'une petite fille horriblement méchante. Ma sœur, ma Violette... Une petite fille qui n'est plus elle-même !

« Dico, que m'as-tu dit en classe, à propos de la maison ?... Qu'elle était hantée, non ? »

La rouquine esquisse une moue perplexe.

« Enfin, c'est ce que les gens prétendent...

— Tu as parlé d'un crime ou d'un drame... Ce ne serait pas la mort d'Emma, par hasard ?

— Possible... Mais où veux-tu en venir ? »

Je la fixe droit dans les yeux.

« Si je te le dis, tu me promets de ne pas te moquer de moi ?

— Juré-craché !

— Je te préviens, tu vas me prendre pour un cinglé ! »

Les cils rouges battent avec impatience.

« Cesse de tourner autour du pot, Cyril ! »

— Je crois que ma sœur est possédée !

— Possédée ?!? Euh !... par le Diable ?

— Non, par Emma... »

Contrairement à ce que je redoutais, Dico ne se moque pas de moi. Elle est juste complètement ébahie.

« C'est à cause de ça que tu as peur pour ton hamster ?

— Oui. Violette est une teigne, mais elle ne ferait jamais souffrir un animal ! Tandis qu'Emma... »

D'un geste autoritaire, la rouquine m'interrompt :

« Attends, il y a un truc que je voudrais mettre au point... Est-ce que Violette a *réellement* essayé de vous tuer, Rambo et toi, ou est-ce que tu l'as juste *rêvé* ? »

Bonne question ! Depuis qu'on a déménagé, il s'est passé tellement de choses effarantes que je ne fais plus très bien la différence...

« C'était un rêve prémonitoire !

— Ça, ça reste à prouver... Il vaudrait

mieux s'en tenir aux faits, si tu veux mon avis ! Que t'a-t-elle fait exactement ?

— Euh !... Elle m'a menacé... Elle m'a poursuivi... Elle m'a insulté...

— Rien que des choses ordinaires, quoi ! »

Je bondis.

« Ordinaires ? Tu trouves ça ordinaire, toi, qu'on change du tout au tout sans la moindre raison ? Qu'on découvre des poupées enterrées depuis des dizaines d'années, sans que personne vous ait dit où elles se trouvaient ? Qu'on se mette brusquement à appeler son frère "Benjamin" ? Qu'on ait le reflet d'une morte dans la glace ?

— Non... À moins que tu n'aies tout imaginé ! »

Et voilà... Dico aussi doute de moi, comme papa et maman ! Je suis de nouveau tout seul, face à mon problème...

... À mon problème ou... à mes hallucinations ?

La tête dans les mains, je m'effondre.

« Je ne suis pas fou, Dico, je te jure... C'est la vérité !

— Mais pourquoi Emma te voudrait-elle du mal, Cyril ? Tu n'étais même pas né quand elle est morte. Tes parents non plus, d'ailleurs... »

Je suis si désemparé que les larmes me montent aux yeux. Je les refoule de toutes mes forces. Pleurer devant une fille, quelle honte !

Mais rien à faire, ça coule malgré moi.

Du coup, Dico se radoucit :

« Il y aurait un moyen de vérifier tout ça..., dit-elle pensivement.

— Lequel ?

— Interroger directement Violette !

— Ça va pas, la tête ?

— Qu'est-ce qu'on risque ? Nous sommes deux et elle est toute seule. De toute façon, tu voulais retourner t'occuper de Rambo, non ?

— Oui, mais...

— Je t'accompagne, on coince ta sœur et on l'oblige à répondre à nos questions. Si elle est vraiment possédée par Emma, ça m'étonnerait qu'elle nous le cache bien longtemps... Comment trouves-tu mon plan ? »

Après tout, pourquoi pas ? Le courage de la rouquine est communicatif, son énergie m'a requinqué. Et puis... elle n'a sans doute pas complètement tort, en ce qui concerne mon imagination. Je me suis peut-être fait un peu de cinéma...

En tout cas, il est temps de tirer tout ça au clair !

16

Trahi !

Cette fois, nous empruntons la grande allée. Heureusement que Dico est là pour m'aider à marcher ! Un bras passé autour de ma taille, elle me soutient de son mieux, tandis que je saute maladroitement sur un pied.

Il ne doit pas être loin de midi. Le soleil est haut dans le ciel. Sous le feuillage bruissant, des centaines d'oiseaux chantent à tue-tête. C'est presque assourdissant !

« Quel concert ! » s'exclame la rouquine d'un ton léger.

Dans les films, un silence inquiétant règne toujours aux abords des maisons hantées. Il y fait brumeux et sinistre. Tout le contraire d'ici.

Des doutes m'assaillent à nouveau. Et si... et si j'avais tout inventé ?

Non, j'ai bien vu les yeux de Violette, ces yeux étincelants de haine qui n'étaient pas les siens. J'ai entendu cette voix étrangère qui sortait de sa bouche. Et j'ai aperçu le reflet dans le miroir.

Où est ma sœur, en ce moment (enfin... la morte qui habite ma sœur !) ? Berce-t-elle sa poupée aveugle, assise dans la clairière, en fredonnant une comptine ? Ou nous guette-t-elle depuis la villa, un rictus affreux sur les lèvres, le couteau de cuisine à la main ?

À cette idée, je ne peux m'empêcher de frémir.

« Du nerf ! m'exhorte Dico. Nous y sommes presque... »

En effet, voici la pelouse, la façade et ses rosiers grimpants, le perron. Instinctivement, je ralentis en escaladant les marches qui mènent à la porte d'entrée. Dans ma tête résonne la vilaine petite phrase de Violette : *Tu vas me le payer, sale cafteur !* Je lance des regards apeurés autour de moi.

C'est alors que Dico fait une chose insensée. Mettant les mains en porte-voix, elle crie à pleins poumons :

« Ouh ! ouh ! Violette ! »

De saisissement, je manque d'avaler ma langue.

« Chut, tais-toi ! Tu es complètement malade, ma parole !

— Pourquoi ?

— Mais... ma sœur va t'entendre !

— Comme ça, au moins, on saura où elle est ! »

Et tout bas, elle ajoute d'un petit air ironique :

« Et puis, si c'est Emma, moi, je n'ai rien à craindre. Je suis la petite-fille de sa meilleure amie, elle n'a aucune raison de m'en vouloir ! »

Quel argument stupide ! Comme si les spectres avaient des sentiments !

« Et moi, elle a des raisons de m'en vouloir ?

— Ce n'est peut-être pas à toi qu'elle en veut, mais à Benjamin...

— Qui est-ce, Benjamin ?

— Je n'en ai pas la moindre idée... Mais, à mon avis, nous n'allons pas tarder à l'apprendre ! »

Un pas dansant martèle en effet l'escalier, et Violette fait son apparition.

Salopette rouge, T-shirt rayé, baskets jaunes avec des lacets verts, couettes attachées par de gros papillons de plastique... Violette ressemble à tout, sauf à un spectre.

« Si ça, c'est Emma, moi, je suis Cendrillon ! » me pouffe Dico à l'oreille.

Jamais, de toute ma vie, je ne me suis senti aussi ridicule. Sauf peut-être la fois où le docteur est venu à la maison, parce que je toussais. Maman craignait une bronchite, mais après m'avoir ausculté, le docteur lui a demandé si, par hasard, j'avais interro de maths le lendemain. Il paraît que, la veille des interros de maths, il y a toujours des épidémies de bronchite. Or, j'avais réellement interro de maths...

« Salut ! chantonne ma sœur en nous apercevant. Où tu étais passé, frérot ? Je te cherchais partout !

— Je... je... »

Fichus mots qui ne veulent pas sortir ! Sans hésiter, Dico vole à ma rescousse :

« Il était avec moi, on avait rendez-vous. »

Elle s'avance, la main tendue.

« Je m'appelle Maud, mais tout le monde

me surnomme Dico. Je suis bien contente de te connaître.

— Moi aussi... Tu veux que je te montre ma chambre ?

— Oh oui ! Et puis le reste de la maison...

— Viens, je vais te faire visiter. »

Bras dessus, bras dessous, elles disparaissent dans l'escalier. Et comme je reste indécis dans le couloir, Violette me crie, en se penchant sur la rampe :

« Profites-en pour faire ta toilette. Si papa et maman savaient que tu traînes en pyjama jusqu'à midi... »

*

* *

Tout en me lavant et en m'habillant, je les écoute papoter comme deux vieilles amies. Leurs éclats de rire me parviennent à travers les murs. Quelle traîtresse, cette Dico ! Elle m'a bien laissé tomber, sous ses airs de bonne copine sympa ! Et si ça se trouve, elle va répéter tout ce que je lui ai dit à Violette... Ma sœur n'a pas fini de se ficher de moi.

Les filles, il ne faudrait jamais leur faire confiance !

Où se trouvent les bandes, dans cette pharmacie ? Ah, ici, au fond du petit tiroir.

J'en choisis une bien large, bien élastique, et je l'enroule autour de ma cheville, en prenant garde à ne pas trop serrer pour ne pas gêner la circulation. Ça va déjà beaucoup mieux ! Quand mes égratignures seront cicatrisées, il ne restera plus aucune trace de mon aventure de ce matin.

Mon aventure de ce matin... Comme elle me paraît grotesque, à présent ! Cette panique, cette terreur idiote ! Je me demande vraiment ce qui m'a pris. Tout ça à cause d'un cauchemar...

« J'ai invité Dico à déjeuner avec nous, dit Violette, en passant devant la salle de bains. On descend mettre la table. Tu n'auras qu'à nous rejoindre quand tu seras prêt. »

Je réponds par un grognement qui ne signifie ni oui ni non.

Je me sens si seul, tout à coup. Seul, humilié et sans appétit... Je ne mangerai pas avec les filles, ce midi. Je n'ai plus envie de voir personne. Je vais rester dans ma chambre avec Rambo...

La tête basse, je pousse ma porte et je me dirige vers la cage. Heureusement qu'on a nos animaux, pour nous réconforter quand on est malheureux ! Eux, au moins, ne nous trahissent jamais...

« Rambo, tu... »

La cage de Rambo est vide. À côté est posé un grand couteau de cuisine. Le couteau à découper le rôti. Il y a une tache rouge sur le manche.

Malgré ma foulure, je ne fais qu'un bond jusqu'à l'escalier, que je dégringole en hurlant :

« Dicooooo ! Elle a tué Ramboooo ! »

17

Spectre ou pas spectre ? voilà la question !

« Mais... mais... mais..., bêle Violette. Il est pas bien, celui-là ? »

Déjà, je l'ai chopée par le collet et je la secoue comme un prunier, en bredouillant :

« Tu as t... tué mon hamster, sale m... monstre ! Pourquoi as-tu f... fait ça, hein ? Pourquoi ? »

Devant la violence de l'attaque, Dico juge bon d'intervenir.

« Veux-tu bien la lâcher, Cyril ! s'écrie-t-elle, tandis que ma “victime” fond en larmes. Maintenant, expliquez-vous calmement ! » ajoute-t-elle, en nous tenant chacun par un bras.

Ça, c'est plus facile à dire qu'à faire : Violette renifle et je bégaie d'indignation !

« Elle... elle l'a... »

D'un mime éloquent, je passe mon pouce sur mon cou...

« C'est même pas vrai ! s'insurge Violette en s'essuyant le nez d'un revers de manche. J'ai rien fait !

— Et le sang sur le couteau, hein ? C'est rien aussi, peut-être ?

— Quel sang ? Quel couteau ? » s'effare Dico.

Tandis que ma sœur se mouche, j'explose :

« Rambo n'est plus dans sa cage. À la place, il y a juste un couteau de cuisine plein de sang !

— C'est pas du sang ! proteste Violette en rangeant son Kleenex dans sa poche. C'est de la confiture de fraises ! »

Elle se tourne vers Dico qui comprend de moins en moins.

« Ce matin, Cyril est parti sans nourrir son hamster. La pauvre bête avait faim, alors je suis allée lui faire une tartine. Et j'ai remonté le couteau, pour découper des petits bouts de pain sans me poisser les doigts ! »

Quelle menteuse ! Si je ne me retenais pas – enfin, si Dico ne me retenait pas ! –, je crois bien que je la pulvériserais, cette tête à claques !

À défaut, je me contente d'aboyer :

« Tiens donc ? Depuis quand tu découpes tes tartines avec le couteau à rôti ?

— C'est le seul que j'ai trouvé. Tous les autres sont dans le lave-vaisselle, et maman a oublié de le mettre en marche hier soir...

— Ça paraît logique, comme explication... », murmure la rouquine en se grattant le crâne.

Mais je n'ai pas dit mon dernier mot !

« Logique ? Logique ? Tu ne vois donc pas qu'elle te mène en bateau ? »

Je plante mon regard dans celui de ma sœur. Un regard de justicier dans l'œil d'une criminelle.

« Où as-tu mis le corps de Rambo, Violette ?... (je baisse sournoisement la voix)... ou peut-être dois-je dire... Emma ? »

Sans se troubler le moins du monde, Violette vrille son index sur sa tempe.

« T'es vraiment têtu, Cyril ! Têtu et complètement marteau ! Rambo est sur mon balcon, tout simplement. J'en avais assez de le voir enfermé, alors je l'ai sorti au soleil. Et je peux t'assurer qu'il est drôlement content : on s'est amusés toute la matinée ensemble ! »

Prenant Dico à témoin :

« Je sais pas ce qui lui arrive, à mon frère, mais il n'est pas dans son état normal ! Et pourquoi il m'appelle Emma, d'abord ?

— Ben, toi, tu l'appelles bien Benjamin..., risque la rouquine.

— Moi, je l'appelle Benjamin ? Première nouvelle ! »

L'étonnement de ma sœur semble si sincère qu'à nouveau, je doute de moi. Et je ne suis pas le seul ! Dico nous toise alternativement avec une moue sceptique.

« J'aimerais bien comprendre à quoi vous jouez, tous les deux... Vous ne seriez pas en train de vous payer ma tête, par hasard ? »

*

* *

Vérification faite, Rambo se trouve bien sur le balcon de Violette. Il est aussi vivant que vous et moi, et profite à fond de sa liberté. Je ne savais pas que ça courait aussi vite, un hamster ! Ni que c'était aussi difficile à attraper !

Après un véritable safari, je finis quand même par le ramener dans ma chambre, où je m'enferme avec lui pour faire le point.

« Bon... Regardons les choses en face, mon vieux Rambo. Une fois de plus, je me suis couvert de ridicule. Papa, maman, Dico, et même Violette ont certainement raison : tout se passe dans ma caboche. Il n'y a pas plus de fantôme dans la *Villa Rose Thé* que de milliardaire dans notre ancienne H.L.M. Quant à ma sœur, elle n'est pas pire que d'habitude. Si toutes les pécores de la Terre étaient possédées, il y aurait autant d'"Emma" que de filles ! »

Derrière les barreaux de sa cage, Rambo suit mon monologue avec attention. Tiens ? Il fronce une truffe désapprobatrice... Ce que je dis n'a pas l'air de lui plaire. Les hamsters sont peut-être moins machos que les hommes, après tout ! À moins que le marchand d'animaux ne se soit trompé, et que Rambo soit une Rambette !

« D'accord, j'exagère ! Dico, elle, est super. Et je connais des garçons qui feraient d'excellents spectres. Manu, par exemple. Manu serait parfait comme esprit frappeur... »

Bon, qu'est-ce que je fais, maintenant que

j'ai récupéré mon hamster et vérifié que le « sang » sur le couteau était bien de la confiture ?

J'ai beau tourner le problème dans tous les sens, je ne trouve qu'une seule réponse : prendre de bonnes résolutions.

O.K., je prends ! Je vais même les noter sur mon cahier de textes :

Premièrement : je ne regarderai plus de films d'horreur à la télé.

Deuxièmement : je prêterai de temps en temps Rambo à ma petite sœur.

Troisièmement : je n'accuserai plus les autres à la légère.

Quatrièmement...

Il y a quand même quelque chose qui cloche, dans mon raisonnement : comment Violette a-t-elle retrouvé Marguerite, si personne ne lui a dit où elle se trouvait ? et pourquoi m'a-t-elle appelé Benjamin ? et comment se fait-il que j'aie aperçu Emma dans le miroir du salon ?

Ça y est, voilà que je recommence. Je suis pénible, quand même ! C'est de l'imagination et rien d'autre ! De l'i-ma-gi-na-tion !

J'ai *cru* apercevoir Emma, mais en réalité je me suis trompé. Il s'agissait bien de ma sœur.

Quand elle n'a pas ses couettes, ça la change complètement. Et puis, les vieux miroirs déforment les visages...

Violette ne m'a *jamais* appelé Benjamin. Elle a dû dire « gros malin » ou « ben, crétin », et j'ai compris de travers.

Quant à la découverte de Marguerite... eh bien, c'est le hasard, voilà tout. À moins que Violette n'ait vu un petit bout de sa robe dépasser de la mousse. Elle est observatrice, ma sœur ! Une pièce de cinquante centimes sur un trottoir, elle la repère à vingt mètres. Un jour, elle a même trouvé dix francs dans une flaque !

Reprenons :

Quatrièmement...

Je suis en train de sécher sur mon *quatrièmement*, quand des coups terribles ébranlent la maison. Et un hurlement monte du rez-de-chaussée :

« Cyriiiil ! Au secooooours ! »

18

La petite prisonnière du cellier

Grands dieux, quel carnage ! Comment Violette et Dico ont-elle pu mettre la cuisine dans un tel état, en si peu de temps ?

Sur le sol jonché de débris de vaisselle, la table est renversée les quatre fers en l'air. Une chaise, projetée violemment contre le mur, s'y est brisée, creusant un large trou dans le plâtre tout neuf. Une autre a atterri dans l'évier, réduisant en miettes le plat qui s'y trouvait. La casserole de lait déborde sur le réchaud, avec un chuintement horripilant. Et au beau milieu de la pièce dévastée, deux furies échevelées se tapent dessus tant qu'elles peuvent.

« Au secours ! Au secours ! braille Dico à pleine gorge.

— Peau de vache ! » beugle Violette.

Elles gigotent tellement, emberlificotées l'une dans l'autre, que durant un petit moment je n'aperçois que des bras, des jambes, des pieds et des poings projetés dans tous les sens. Mais lorsque, enfin, j'arrive à discerner qui fait quoi, je manque tomber à la renverse. Malgré sa taille et sa corpulence, Dico a le dessous, et Violette est en train de l'étrangler.

Sans hésiter, je me jette dans la mêlée.

Mais j'ai beau cogner, impossible de les séparer. Et pourquoi ?

Parce que Violette est trop costaude.

Ça a l'air idiot, comme ça, mais j'ai beau secouer ma petite sœur, la pousser, la tirer, tenter par tous les moyens de l'obliger à lâcher prise, rien à faire. Elle, si menue, si frêle, a autant de muscles qu'un lutteur de foire.

Ne pouvant en venir à bout par la force, j'essaie de la raisonner :

« Violette, lâche Dico ! Tu vois bien que tu lui fais mal ! Arrêêêête, tu vas l'étouffer ! »

À part dans mes cauchemars, je n'ai jamais vu Violette dans un état pareil. Rouge, échevelée, bavant de fureur, elle n'a, à nouveau, plus rien d'humain. D'autant que ses couettes se sont détachées pendant la bagarre, et que, comme ça, elle ressemble à...

Tous mes soupçons me reviennent en vrac. Et malgré moi, je crie :

« Laisse-la, Emmaaaaa ! »

De surprise, Violette desserre son étreinte. J'en profite pour lui sauter dessus, la basculer par terre et m'asseoir sur son ventre.

Il était temps : Dico est toute bleue. Encore un peu, elle mourait asphyxiée.

À moitié étourdie, la rousse se redresse, aspire une goulée d'air et se met à tousser. Puis tente, en titubant, de se remettre debout.

Sous moi, Violette se débat comme un beau diable. Elle griffe, elle mord, elle crache, et j'ai bien du mal à esquiver ses coups d'ongles et de dents. Déjà, des balafres rouges me strient les poignets, et je sens ma tempe saigner.

Entre deux halètements, je jette à Dico :

« Sauve-toi ! Mets-toi à l'abri, je ne tiendrai plus longtemps ! »

Mais la rousse n'est pas fille à laisser ses copains dans le pétrin. À peine sur pied, elle fonce vers le buffet, s'empare d'une poêle et « bong » !

Ma sœur s'évanouit.

Un silence consterné succède au fracas de la bagarre.

Lentement, je me relève, en donnant un coup de langue machinal sur mes blessures. Dico masse son cou endolori. Nous regardons tous deux Violette inanimée.

Comme elle a l'air inoffensive, à présent ! Avec ses yeux fermés, la bosse qui gonfle sur son front, son minois boudeur et ses mèches rebelles...

Dire qu'il y a un instant à peine, elle était plus dangereuse qu'une cohorte de démons.

« Qu'est-ce qu'on en fait ? » chuchote Dico, en se dandinant d'une jambe sur l'autre.

Je hausse les épaules en signe d'ignorance.

« Faut la mettre définitivement hors d'état de nuire ! décide la rouquine.

— Hé, ça va pas, non ? C'est ma sœur tout de même ! Enfin, ça y ressemble... Je ne te laisserai jamais la... »

Pas besoin de finir ma phrase, Dico a compris. Elle lève les yeux au ciel.

« Mais non, andouille, je ne vais pas la buter, ta frangine, je vais juste l'enfermer... là ! »

Du menton, elle indique la porte du cellier.

« Au moins, ça évitera qu'elle nous étripe !

Allez, aide-moi... Attrape-la sous les bras, moi, je m'occupe des pieds. »

L'instant d'après, nous déposons Violette dans le réduit obscur, à même le ciment, entre le congélo et le lave-vaisselle. Puis nous fermons la porte à clé.

« Ouf, le monstre est bouclé ! » souffle Dico en se laissant tomber sur une chaise.

Un peu abattu, je m'installe en face d'elle. Des sentiments contradictoires m'assaillent : si ça me soulage d'être venu à bout de Violette – Violette ! combien de temps encore vais-je l'appeler ainsi ? –, je ne suis pas très fier de la méthode employée. Et d'imaginer ma petite sœur assommée dans le noir me fend le cœur... même si ce n'est plus vraiment ma petite sœur.

Durant un bon moment, je reste sans parler. Puis la curiosité est la plus forte :

« Dico, explique-moi ce qui s'est passé... »

La rouquine n'attendait que ça.

« Tu avais raison, déclare-t-elle. Violette et Emma ne sont qu'une seule et même personne.

— Comment t'en es-tu aperçue ? Vous aviez l'air tellement copines, tout à l'heure...

— Je t'avoue que, pendant un bon moment,

j'ai douté de toi. Cette histoire de possession, c'était tellement invraisemblable... Et puis d'un seul coup, tout a basculé... »

Elle se tait pour juger de l'effet produit, et n'est pas déçue : je suis suspendu à ses lèvres.

Satisfaite, elle reprend :

« On discutait tranquillement en préparant la bouffe quand ta frangine m'a dit : "Je suis drôlement contente de te connaître..."

— Euh !... Je vois pas le rapport. Moi aussi, je suis content de te connaître, et...

— Attends la suite. Après, elle a ajouté : "Tu me rappelles une amie que j'avais il y a longtemps. Irma, elle s'appelait."

— Oui, et alors ?

— Irma, c'est le nom de ma grand-mère ! »

La foudre s'abattant à mes pieds ne me laisserait pas plus pantois. Les choses qu'on soupçonne sans pouvoir les prouver, quand elles se confirment dans la réalité, ça fait toujours un drôle d'effet !

« Évidemment, je lui ai sauté illico dessus, poursuit Dico. Je voulais la maîtriser et lui faire avouer, comme on avait décidé en venant. Mais je ne me doutais pas qu'elle avait autant d'énergie. Ah, elle m'a bien joué la comédie, tout à l'heure, quand vous vous disputiez, avec ses airs de petit moineau tombé du nid ! Et je me suis fait avoir ! »

Avec une grimace, elle se masse les reins.

« Je viens de prendre la plus belle raclée de ma vie ! Et si tu n'étais pas arrivé à temps, je... »

D'énormes « bom-bom » couvrent la fin de sa phrase. Ça, c'est Violette qui se réveille !

En effet, des coups violents ébranlent la porte du cellier, ponctués de cris aigus :

« Ouvrez-moi ! Ouvrez-moi ! Laissez-moi sortir ! »

Puis les cris se changent en gémissements :

« Frérot, je t'en prie, délivre-moi... T'as promis à maman de bien t'occuper de moi... Ne m'abandonne pas, j'ai peur du noir... »

Ces supplications me mettent à la torture. Je me sens affreusement coupable. On ne balaie pas du jour au lendemain dix ans de réflexes de grand frère !

D'un bras ferme et doux, Dico m'entoure les épaules.

« Pas question que tu craques, Cyril ! Cette créature n'est pas ta sœur. Que l'idée de la libérer ne t'effleure même pas ! Maintenant qu'elle se sait démasquée, elle risque de se venger de la pire manière ! »

Un sanglot fait écho à ces raisonnables paroles. La prisonnière du cellier pleure, à présent. Elle a perdu la partie, et sait que ce n'est plus la peine de feindre.

« J'en ai marre, marre, marre..., hoquette-t-elle au milieu de ses larmes. Quatre-vingt-quatre ans, je suis restée enfermée... Quatre-vingt-quatre ans à toquer à la porte de ma chambre pour qu'on m'ouvre... C'était long, si long... Et maintenant, voilà que ça recommence... »

19

La confession d'Emma

« Je vois que tu as tout compris, ma vieille ! jette Dico en direction du cellier. Ton numéro ne prend plus : on sait qui tu es et on n'a plus peur de toi ! »

Silence. Avec un clin d'œil victorieux, la rouquine poursuit :

« Et tu vas avoir intérêt à te mettre à table, sinon...

— Sinon ? fait la petite voix derrière la porte.

— Sinon, la clé, je la perds pour de bon ! »

Nouveau silence, puis un pitoyable soupir :

« Ça signifie quoi, “se mettre à table” ? »

Cette fois, c’est mon tour de répondre :

« Ça signifie qu’on veut savoir qui est Emma, pour quelle raison elle te possède, et surtout pourquoi elle m’en veut.

— Si je vous explique tout, vous me laisserez sortir ? »

Dico et moi, on se consulte du regard.

« Ça dépendra..., répond la rousse. On ne peut rien décider maintenant. Parle d’abord, on verra après.

— J’étouffe..., souffle le spectre.

— Raison de plus pour te grouiller de vider ton sac !

— Ça veut dire quoi, “vider son sac” ? »

Énervée, Dico serre les mâchoires.

« Ça veut dire que, si tu continues à faire l’idiote, on te laisse là et on s’en va ! » rugit-elle.

Ce dernier argument a raison de l’entêtement d’Emma.

« Bon, je vais vous raconter l’histoire depuis le début, mais je vous préviens, ce sera long !

— Pas grave, on a tout notre temps, répond Dico, en s’installant confortablement.

— Voilà, je m’appelle Emma – ça, vous le savez déjà –, et cette maison, c’était la mienne.

— Et la chambre rose, c'était ta chambre, dis-je avec impatience. Ça aussi, on le sait !

— Si tu m'interromps tout le temps, je ne continue pas ! T'as qu'à raconter l'histoire à ma place, monsieur Je-sais-tout ! »

D'un geste sec, Dico m'intime l'ordre de me taire.

« On vivait ici avec mon père, ma mère, et mon frère Benjamin, poursuit Emma. Un vrai âne bâté, celui-là ! Un peu dans ton genre, Cyril ! »

Vexé, je pince les lèvres :

« Merci pour le compliment !

— Chut ! fait Dico, le doigt sur la bouche.

— Benjamin passait sa vie à m'embêter. Un jour, j'ai même été punie à cause de lui. J'avais chipé un pot de confiture dans le buffet, et il a été le dire à maman. Du coup, elle m'a enfermée à clé dans ma chambre, jusqu'au lendemain matin. »

Je ne peux m'empêcher de ronchonner « Bien fait ! », mais un coup de coude dans les côtes me rappelle à l'ordre.

« Ça n'aurait pas été très grave, poursuit Emma, si la pluie ne s'était pas mise à tomber. Je me suis brusquement rappelée que j'avais laissé Marguerite, ma poupée préférée, dans la clairière, à côté de la statue que papa avait fait sculpter pour mes huit ans. Or, la pluie, il n'y a rien de pire pour les poupées : ça abîme leurs vêtements, ça pourrit leurs cheveux, ça décolore leur visage. Je me suis mise à crier pour que mes parents ou mon frère aillent la chercher, mais personne ne m'a entendue, à cause de l'orage. Alors, j'ai décidé d'y aller moi-même...

— Comment comptais-tu t'y prendre, pour sortir ? demande Dico, que le récit passionne.

— Par la fenêtre. En m'accrochant aux rosiers comme à une échelle, j'étais sûre de pouvoir y arriver.

— C'était très imprudent ! »

Emma pousse un petit soupir :

« Oui, mais je ne m'en rendais pas compte. Au début, ce n'était pas trop difficile, mais arrivée au milieu du mur, j'ai commencé à avoir le vertige. La pluie rendait les tiges glissantes, et ma robe s'accrochait dans les épines. Soudain, un grand éclair a zébré le ciel et la foudre s'est abattue pas très loin, dans le bois. Ça m'a tellement saisie que j'ai perdu l'équilibre, et... patatras ! »

D'une même voix, Dico et moi répétons, subjugués :

« Patatras ?

— Eh oui... C'est triste de mourir à neuf ans, vous savez ! »

Les cils de Dico sont pleins de larmes. Quant à moi, je vois trouble.

« Lorsque mes parents m'ont trouvée, un peu plus tard, vous imaginez le drame ! J'étais dans le coma. Papa m'a transportée dans ma chambre pendant que Benjamin courait chercher le docteur. On n'avait pas encore de téléphone, à cette époque. »

Émue par ses propres souvenirs, Emma toussote.

« J'étais allongée sur mon lit, cassée en mille morceaux. Je voyais tout, j'entendais tout, mais je ne pouvais ni bouger, ni parler. Mes parents pleuraient. Et moi, je pensais à ma poupée, là-bas, dans la clairière, et je maudissais mon frère. Finalement, c'était sa faute, tout ça ! Sans ce sale rapporteur, rien ne serait arrivé ! »

À nouveau, la voix d'Emma est rauque et criarde.

« Cochon de Benjamin ! fulmine-t-elle. Il aurait mérité... Il aurait mérité...

— C'est à cause de ça que tu détestes Cyril ? la coupe Dico, stupéfaite.

— Évidemment ! C'est un grand frère, non ?

Il m'a traitée d'avorton, il a voulu m'obliger à boire du chocolat, il a parlé de la chambre rose aux parents... Tous les grands frères sont des êtres nuisibles, il faut les supprimer ! »

Outré, je me rebiffe :

« Tu sais ce qu'ils te disent, les grands frères ? »

Une main apaisante se pose sur mon bras.

« Ne t'énerve pas, Cyril..., murmure Dico. Essaie de la comprendre, elle a été traumatisée !

— Ce n'est pas une raison !

— Bien sûr que si ! affirme Emma. Je voulais lui régler son compte avant de disparaître, à ce frère de malheur ! Quand il est revenu avec le docteur, je n'avais que ça en tête : me venger de lui !

— Et le docteur, qu'est-ce qu'il a fait ? demande Dico.

— Rien, j'étais déjà morte. On a emporté mon corps pour m'enterrer, mais moi, je suis restée sur place, avec ma colère qui grondait en moi. »

Terriblement impressionné, je mets un petit moment avant de poser la question qui me brûle la langue :

« Qu'est-il arrivé à Benjamin ?

— Rien, hélas ! Je ne l'ai pas revu. Papa, fou de chagrin, a condamné ma chambre avec toutes mes affaires, et muré la fenêtre. Et je me suis retrouvée piégée dedans. Punie pour l'éternité...

— Les esprits ne passent pas à travers les murs ? s'étonne Dico.

— Pffffttt ! Des bobards, tout ça ! Des inventions de romanciers ! Sans corps, un esprit ne peut rien faire. C'est juste un souffle... Depuis quand les souffles traversent-ils les murs ?

— En tout cas, tu arrivais à toquer aux portes ! dis-je, plein de rancune.

— Eh oui, c'est la seule chose que j'étais capable de faire... J'espérais tellement qu'on me délivre un jour... »

Je bondis.

« Nous, on t'a délivrée ; et comment nous as-tu remerciés ? En possédant ma sœur. Quel cadeau !

— Je n'avais pas le choix, qu'est-ce que tu crois ? Pour sortir de ma chambre, il me fallait un corps... J'ai pris celui qui me ressemblait le plus. Après quatre-vingt-quatre ans de néant, c'était drôlement chouette, tu sais, d'être à nouveau une petite fille !

— Et tes parents, que sont-ils devenus ? demande Dico.

— Ils ont déménagé... Vous êtes les premières personnes à revenir ici depuis ma mort... »

Un long silence succède aux aveux d'Emma. Chacun réfléchit dans son coin. Soudain, quelque chose me revient en mémoire.

« Ton frère, est-ce que c'est l'oncle Benjamin qui est enterré dans le cimetière ? »

Le ton d'Emma redevient grinçant :

« Je suppose... Il a dû mourir, lui aussi, depuis le temps... Ah, celui-là, si seulement je le tenais !

— Qu'est-ce que tu ferais ? demande Dico, très vite.

— Je lui dirais ma façon de penser, tiens ! Ça m'apaiserait, et je pourrais enfin me reposer...

— Tu cesserais d'être un spectre ? Tu ne hanterais plus cette maison ? Tu quitterais le corps de Violette et tu arrêterais de persécuter Cyril ?

— Évidemment !

— Malheureusement, il est trop tard... », dis-je accablé.

Et à l'idée que jamais Violette ne redevienne elle-même, je fonds en larmes. Tant pis si les deux filles rigolent de moi : il y a des circonstances où un garçon se fiche pas mal d'être ridicule !

20

L'éternité à se chamailler

Non seulement Dico ne rigole pas, mais elle semble perdue dans un abîme de réflexions. J'en profite pour constater, une fois de plus, qu'elle est drôlement jolie. Sa tignasse rouge pleine d'épis, sa peau blanche éclaboussée de taches de son et sa grande bouche rieuse, je n'ai jamais rien vu de plus attirant !

« Maintenant que je vous ai tout dit, vous me laissez sortir ? » gémit Emma derrière la porte.

Il n'y a plus aucune arrogance, dans son ton.

Au contraire, elle est toute pleine d'humilité et de douceur.

Je me tourne vers Dico.

« On lui ouvre ?

— Attends un instant, répond la rouquine. Emma, les spectres communiquent-ils avec les morts normaux ?

— Bien sûr !

— Ils peuvent donc les enguirlander ?

— Oui !

— Les houspiller, les harceler, leur faire des scènes ?

— Oui, oui et oui !

— Alors, rien n'est perdu ! »

Le sourire qu'elle me dédie me fait battre le cœur, d'autant que je viens de comprendre où elle voulait en venir.

Plein d'espoir, je m'écrie :

« Si on t'emmenait sur la tombe de ton frère, tu nous laisserais tranquilles, Emma ? Et Violette redeviendrait elle-même ? »

Un profond silence me répond. J'échange un regard inquiet avec Dico.

« Emma ? Tu m'entends ?

— Vous... vous feriez ça pour moi ? hoquette une petite voix mouillée. Alors que j'ai été si méchante ?... »

Nouveau regard de Dico, bouleversé cette fois. Nous nous comprenons sans rien dire. La rouquine sort la clé de sa poche.

Au moment de la glisser dans la serrure, cependant, elle a une dernière hésitation.

« Et si c'était une ruse ? » me chuchote-t-elle à l'oreille.

J'y ai pensé, moi aussi. Une terrible appréhension me serre l'estomac, j'ai le cœur qui bat la chamade. Mais s'il y a une chance de récupérer Violette, nous devons la saisir !

« On ne peut plus reculer, maintenant, ça ficherait tout par terre. D'ailleurs, c'est la seule solution. Je... je crois qu'il faut prendre le risque...

— T'as raison... Mais restons quand même sur nos gardes ! »

*
* *

Par ce bel après-midi d'automne, le cimetière est désert. Le vent qui passe entre les tombes soulève des tourbillons de feuilles mortes.

« Mon caveau de famille est là, un peu plus loin... », dit Emma, en désignant une sorte de petite chapelle, gardée par deux anges de pierre.

Tout a l'air de se dérouler normalement, et c'est tant mieux, parce que Dico et moi sommes dans nos petits souliers. Depuis qu'Emma a quitté le cellier, nous n'avons pas ouvert la bouche, de peur qu'elle entende claquer nos dents.

Aussi, lorsqu'elle se retourne et tend les bras vers nous, le même sursaut de recul nous tétanise, la rousse et moi.

« Vous deux, vous ne me faites pas confiance..., dit tristement le spectre.

— Euh... si ! » assure maladroitement Dico.

Gêné, je regarde ailleurs en sifflotant. Enfin... en essayant de siffloter, car mes lèvres ont la tremblote et le résultat n'est pas génial.

« Non, non, vous avez toujours peur de moi, rétorque Emma. Je l'ai bien vu : vous avez sauté en arrière. Et pourtant, je n'avais aucune mauvaise intention, je voulais juste vous remercier... »

Elle penche la tête de côté d'un petit air humble.

« Dites... Vous voulez bien que je vous embrasse ? »

Comment refuser ?

Aussi angoissés que s'il s'agissait de faire la bise à une bombe, nous nous rapprochons d'elle. Elle se dresse sur la pointe des pieds, et passe ses bras autour de notre cou.

Lorsque sa petite bouche froide s'imprime sur nos joues, un même frisson nous secoue, Dico et moi. Mais il faut bien nous rendre à l'évidence : aussi incroyable que ça paraisse, Emma est réellement devenue gentille.

« Merci, les amis, merci ! Je ne vous oublierai jamais ! roucoule-t-elle. Dico, tu es la fille la plus sympa que je connaisse, et toi, Cyril, le moins désagréable des grands frères. J'espère que Violette se rend compte de sa chance... »

Elle renifle un grand coup, et ajoute :

« Maintenant, laissez-moi. Il faut que j'aille toute seule *là-bas*...

— Que va-t-il se passer ? » s'inquiète Dico.

Emma sourit.

« Rien de grave, rassure-toi. Je vais juste retrouver Benjamin, et me disputer avec lui pour l'éternité !

— Alors, bonne chance ! » dit la rouquine avec un soupir de soulagement.

Mais une dernière chose me tracasse encore :

« Et ma sœur, comment je la récupère ?

— Elle va m'accompagner jusqu'à mon cercueil, et dès que je l'aurai quittée, elle viendra vous retrouver. »

Voilà, c'est fini. Sur le sentier qui conduit au caveau, une petite silhouette en salopette rouge et baskets jaunes à lacets verts s'éloigne d'un pas décidé. Ses longs cheveux dansent sur son dos.

« Elle est quand même mignonne, finalement..., murmure Dico en se serrant contre moi.

— Et encore... Tu verras, quand elle sera redevenue elle-même !

— Si elle te ressemble, je suis sûre que je vais l'adorer ! »

À l'instant de pénétrer dans la mini-chapelle, Emma se retourne une dernière fois. Mais nous ne la voyons pas. Normal : Dico et moi, on est occupés à s'embrasser !

*

* *

C'est une voix familière qui m'arrache brutalement aux lèvres de la rouquine, des lèvres sucrées et fondantes comme des Chamallows.

« Ah, bravo, Cyril ! Tu flirtes avec les filles,

maintenant ? Ça, tu peux être sûr que je vais le dire à maman ! »

Les poings aux hanches, Violette nous toise. Ses couettes frétillent des deux côtés de sa tête.

Dans un éclat de rire, je lui réponds :

« Dis donc ! De fréquenter un spectre de près, ça ne t'a pas arrangé le caractère, toi ! »

GUDULE

Anne Duguël, dite Gudule, est née à Bruxelles en 1945. Elle passe cinq ans comme journaliste au Moyen-Orient. Revenue en France, elle collabore à divers magazines et anime des émissions radiophoniques. Depuis quelques années, elle écrit pour les adultes comme pour la jeunesse. Ses récits destinés aux adolescents remportent un succès considérable. Plusieurs d'entre eux traitent de sujets d'actualité, comme le sida *(La vie à reculons)*, les S.D.F. *(L'envers du décor)*, l'intégration des étrangers *(L'Immigré)* ou les dérives de la société actuelle *(Un bout de chemin ensemble)*. Mais Gudule s'amuse également beaucoup dans le registre du fantastique *(T'es une sorcière, maman ?, Le jour où Marion devint un lapin)*, et surtout dans le célèbre : *La bibliothécaire*. Avec *Ne vous disputez jamais avec un spectre*, Gudule donne un roman où le quotidien bascule dans un univers fantastique et effrayant.

TABLE

Composition JOUVE – 53100 Mayenne
N° : 313567d
Imprimé par CAYFOSA QUEBECOR à Barcelone (Espagne)
Dépôt éditeur n° 80429
32.10.2095.1./05 - ISBN : 2.01.322095.2
Loi n°49-956 du 16 juillet 1949 sur les publications destinées à la jeunesse
Dépôt légal: novembre 2006